Um Possível Conto Esotérico

Um Possível Conto Esotérico
Michael Sousa

© Michael Sousa
Um Possível Conto Esotérico

"Todos os direitos reservados. Salvo disposição legal em contrário, não é permitida a reprodução total ou parcial desta obra, nem a sua incorporação num sistema informático, nem a sua transmissão sob qualquer forma ou por qualquer meio (eletrónico , mecânico, fotocópia, gravação ou outros) sem a autorização prévia por escrito dos titulares dos direitos autorais. A violação de tais direitos acarreta sanções legais e pode constituir uma ofensa contra a propriedade intelectual."

"Eritis sicut Dii, scientes Bonum et Malum" – A Serpente

Sumário

1. Prólogo: Sob o Calor de Estrelas Mortas..................................06
2. Capítulo 1: Melancolia I..................................11
3. Capítulo 2: A Mulher de Vermelho..................................26
4. Capítulo 3: O Livreiro..................................38
5. Capítulo 4: A Ponte da Morte..................................51
6. Capítulo 5: Michalská Brána..................................59
7. Capítulo 6: La Tarta de Queso..................................69
8. Capítulo 7: O Enforcado..................................49
9. Capítulo 8: A Lua..................................86
10. Capítulo 9: A Cidade das Sete Colinas..................................99
11. Capítulo 10: Raízes..................................119
12. Epílogo: Finis Gloriae Mundi..................................136

Prólogo
Sob o Calor de Estrelas Mortas
Prima Clavis.

Acho que não guardo nenhuma memória boa da infância. Quando essa constatação surgiu, no decorrer do processo psicanalítico, lembro de uma tristeza profunda me preencher.

Fui uma criança curiosa, sempre à procura de entender o mundo á minha volta. Tenho uma lembrança peculiar de quando, aos 6 ou 7 anos, tentei desvendar o mistério do tempo. Questionava como o relógio de pulso do meu pai sempre mostrava alguns minutos a mais que o da parede da cozinha. "Será que o relógio dele está no futuro?", pensava. Foram dias até alguém me explicar que os relógios podiam ser "ajustados", mas isso só alimentou minha intriga.

Outra memória me leva a uma aula de ciências, com 10 ou 11 anos. Em meio ao barulho ensurdecedor de uma sala lotada, a professora falava que o fogo precisa de oxigênio para existir. Perguntei, portanto: "Então o Sol está cercado de oxigênio, já que ele queima?". Sua resposta foi vaga; ela apenas insistiu que não há oxigênio no espaço. Talvez astrofísica fosse conhecimento distante demais para a realidade de uma escola pública em nos confins da cidade de São Paulo. Meses depois, com ajuda do acesso à internet, entendi por conta própria o processo de fusão nuclear do Sol.

Não sei de onde vinha essa curiosidade. Ela parece ser algo intrínseco, algo que não veio dos meus pais. Eles não tinham instrução alguma, tampouco curiosidade. Viviam de traumas, erros e vícios. E o vício que mais marcou minha vida e a de meus irmãos foi o alcoolismo.

Meu pai, embora alcoólatra, era quase uma sombra. Silencioso e tímido, só encontrava coragem na embriaguez, e então desabafava sobre suas frustrações, a relação conturbada com minha mãe ou os traumas de sua própria infância. Até que um dia, na minha adolescência, sucumbiu à psicose.

Minha mãe, por outro lado, sempre soube como se expressar, estivesse sóbria ou não. E era boa nisso, especialmente em ferir com palavras. Se eu tivesse de descrevê-la, enquanto criança, seria como "uma mulher furiosa".

Sua raiva parecia incontrolável. Lembro de uma vez, quando tinha uns 5 anos, que levei um soco enquanto bebia água. A razão? Ela não gostou de como meus lábios estavam no copo.

Mas crescer nesse ambiente não foi totalmente inútil. Uma mãe como a minha jamais criaria filhos fracos, e um pai como o meu serviria de exemplo claro do que eu nunca deveria ser.

Recordo de uma vez em que briguei na escola e minha mãe foi buscar-me. Para minha surpresa, ela disse: "Miguel, toda vez que você brigar na escola, eu vou te bater. Se você perder a briga, eu vou te bater duas vezes mais."

Onde eu surgi, de facto, não havia espaço para fracasso. Eu não era ninguém, e não havia caminho possível além de conseguir alguma coisa, pois piorar parecia impossível. Ou, ao menos, era o que eu pensava; até perceber, na adolescência, que muitos de onde eu vinha, nas mesmas condições que eu, encontravam um futuro bem pior.

Mas eu sentia que aquilo não era para mim. Eu queria mais. Só não sabia o quanto mais. Talvez esse tenha sido o meu pecado original.

Na adolescência, percebi que eu tinha uma aptidão natural para a Matemática. Isso me diferenciava dos outros e, quem sabe, poderia ser minha chance de futuro.

Com algum esforço, consegui uma bolsa para cursar faculdade à noite, enquanto trabalhava durante o dia para pagar o aluguel, já que meu pai, em um dos seus surtos psicóticos, me expulsou de casa.

Com mais dedicação, bolsas de estudo e algum dinheiro guardado, fiz pós-graduações e me mudei para outra cidade, perto de onde morava meu irmão mais velho e seus filhos.

Minha vida se estabilizou. Eu tinha construído uma carreira sólida e relativamente bem remunerada. Tinha meus sobrinhos por perto, praticava Aikido, tinha uma namorada que me amava, e a quem eu também amava.
Mas, apesar dessa estabilidade, algo faltava. A curiosidade que sempre me acompanhou não se limitava a questões de

Astrofísica ou ao Tempo. Desde criança, questões existenciais me assombravam, aquelas que assombram a humanidade per se: "De onde viemos?", "Para onde vamos?", "Deus existe?".

Essas perguntas nunca foram prioridade em uma infância difícil, mas sempre estiveram ali, latentes. E eu nunca aceitei respostas simplistas ou religiosas sem um exame crítico.

Enquanto estudava negócios e estatística, dedicava-me também ao estudo de religiões antigas e do ocultismo. O método científico sempre foi minha base, e eu estava decidido a aplicá-lo às ciências ocultas. Queria respostas que justificassem minha origem, minha dor, a natureza oculta da realidade, e o que quer que existisse antes da vida e depois da morte.

Minha busca me levou a integrar sociedades esotéricas, algumas com influência política, outras com séculos de tradição hermetista. Conquistei graus dentro dessas ordens, aprendi segredos e rituais, mas, no fundo, sentia-me ainda como Fausto: um ignorante, não mais perto de compreender o universo.

Nessa época de *estabilidade excessiva*, a melancolia tomou conta de mim. A morte de um grande amigo de uma dessas ordens me devastou, e o meu irmão mais novo, que morava comigo recentemente, se mudara para outra cidade. O conhecimento que acumulei parecia insuficiente. Tudo ainda era mitologia, manifestações de arquétipos. Deuses antigos e mortos, que eram apenas reflexos do inconsciente.

Meu relacionamento começou a ruir sob o peso desse vazio. Meu trabalho, antes repleto de desafios, se tornou monótono e entediante. Eu esperava que, a qualquer momento, Mefistófeles aparecesse oferecendo o *verdadeiro conhecimento* em troca de minha alma.

Percebi que, no fundo, continuava sendo aquele garoto franzino, repleto de dúvidas e poucas certezas. Sentia esse calor interno, quase apagando, mas ele nunca era suficiente para aquecer. Um calor frágil, como o de uma estrela moribunda, agonizando no fim de sua própria existência.

Eu precisava fazer algo sobre isso. Era a força dessa sensação, de que a estrela dentro de mim, que iluminava a minha vida e tudo à minha volta estava morrendo, e que eu precisar urgentemente agir, tomar alguma decisão drástica, que deu início à minha Magnum Opus, o caminho para a Pedra Filosofal dos antigos alquimistas, a jornada da individuação junguiana, o secreto Vitriol. Pois, por ora, eu era apenas um *estúpido* que vagava completamente perdido pelo Pardes.

E eu sabia que essa jornada traria algum caos. Mas, ao menos, seria um caos com alguma ordem.

Capítulo 1
Melancolia I
II. Clavis.

Eu precisava de uma direção, algo que me dissesse o que fazer. E, para a alegria dos psicanalistas, e de Raul Seixas, essa "orientação" chegou através de um sonho.

Quando criança, o mesmo sonho me visitava várias vezes. Eu caminhava por um lugar verdejante, repleto de flores exóticas, até chegar a um poço com uma escada em espiral que parecia descer sem fim. Era sempre nesse ponto que eu despertava. Demorei anos para descobrir que esse lugar não era apenas fruto da minha imaginação; ele existia de verdade, escondido entre as colinas de Sintra, em Portugal.

Meses antes da mudança de meu irmão, o sonho voltou, trazendo com ele uma inquietação que não me deixava em paz. Minha mente podia criar inúmeras teorias para tentar explicar a repetição daquele lugar em meu inconsciente, um lugar envolto em mistérios e símbolos antigos, ligados aos Cavaleiros Templários e aos rosacrucianos. Cada detalhe da Quinta da Regaleira parecia ter sido erguido para ecoar esses segredos.

Mas nenhuma dessas teorias me dava uma resposta racional ou satisfatória. Mesmo simpatizando com os conceitos de reencarnação, eu sempre fui cético demais para entregar-me completamente a qualquer crença religiosa.

A decisão de abandonar tudo não deveria ter sido fácil, mas foi. Não sei se somente por causa desse sonho, ou algo que eu ainda não compreendia.

Despedir-me das pessoas que amo foi doloroso, claro. Da mulher que amava, dos meus irmãos, dos meus sobrinhos. A sombra da dúvida de que talvez nunca mais os veria pesava sobre mim.

Depois de organizar minhas finanças, pedir demissão e fazer as despedidas, comprei minha passagem para Lisboa. Estava pronto para seguir o caminho que meus sonhos indicavam, mesmo sem saber onde ele terminaria.

Lisboa é uma cidade onde o antigo e o moderno dançam em perfeita sincronia, suas colinas cobertas por ruas estreitas de paralelepípedos que serpenteiam como veias históricas, conectando almas e histórias através dos séculos. À primeira vista, Lisboa é um mosaico de cores — fachadas de azulejos azuis e brancos reluzindo ao Sol (possivelmente a luz solar mais bonita que há), varandas de ferro forjado adornadas com flores, e o céu de um azul profundo que parece se fundir com o Tejo, o rio que a abraça com encantamento e serenidade.

Ao caminhar pelas ruas, o som do fado, melancólico e belo, escapa pelas portas das tascas antigas, impregnando o ar com "saudade" — aquela palavra intraduzível que encapsula toda a alma dos falantes do português.
A cada esquina, a cidade revela uma nova surpresa: uma vista deslumbrante de um miradouro escondido, onde o

casario se estende como um tapete até as águas cintilantes; uma praça tranquila com uma fonte esculpida, onde o tempo parece desacelerar; ou uma catedral gótica, cujas torres parecem tocar o céu.

No coração de Lisboa, ergue-se o Castelo de São Jorge, dominando a cidade do alto de sua colina, suas muralhas antigas guardando segredos de invasões mouras e glórias passadas. De lá, o panorama da cidade se desenrola, com o rio serpenteando em direção ao Atlântico e os bairros de Alfama e Mouraria estendendo-se aos seus pés, labirintos vivos de ruelas onde roupas coloridas balançam ao vento nas varandas.

Os bondinhos amarelos, ícones da cidade, rangem pelas colinas íngremes, conectando os bairros como uma linha do tempo viva. Eles cruzam locais como a Baixa Pombalina, com suas ruas amplas e edifícios geométricos reconstruídos após o terremoto de 1755, até o Chiado, onde cafés literários e livrarias respiram o legado de Fernando Pessoa e outros poetas que outrora deambulavam por aquelas ruas.

A cada passo, Lisboa conta uma história de navegações audaciosas, de conquistas e descobertas, refletida na grandiosidade da Torre de Belém e no Mosteiro dos Jerónimos, cujas pedras parecem ter sido esculpidas pelas próprias ondas que trouxeram o espírito aventureiro dos navegadores de volta para casa.

Mas Lisboa não vive apenas do passado. A modernidade pulsa no Parque das Nações, onde edifícios contemporâneos se erguem às margens do Tejo, e a cultura vibrante da cidade é celebrada em cada museu, galeria de arte e evento cultural, onde o tradicional e o vanguardista se encontram. À noite, a cidade brilha com uma luz suave, seus becos e praças iluminados por lampiões antigos que lançam sombras misteriosas nas paredes de pedra.

Lisboa é um lugar de encontros — entre o mar e a terra, entre o passado e o presente, entre o sonho e a realidade. Ela é um convite à contemplação, ao mergulho profundo nas memórias que suas ruas guardam, e ao mesmo tempo, um sopro de inspiração para aqueles que buscam algo novo, algo mágico, algo que só uma cidade como Lisboa pode oferecer.

E foi nesse ambiente tão especial que me encontrei. Fiquei hospedado em Lisboa por alguns dias, passeando encantado por suas vielas e ruas estreias, apreciando a diferença da luz nessa cidade, que em minha teoria pessoal era o que tornava Lisboa tão única.
Mas decidido o momento de seguir meu caminho. Sintra está bem perto de Lisboa, e eu deveria pegar o trem e seguir para lá e, literalmente, encontrar o lugar dos meus sonhos.

E encontrei mais do que isso.

Sintra é uma cidade que parece ter emergido dos sonhos mais antigos e místicos, um refúgio de névoa e magia aninhado nas colinas verdes da serra. Suas ruas sinuosas e estreitas sobem e descem entre palácios exuberantes, castelos encantados e belíssimos jardins, como se guiadas por uma mão invisível que convida o visitante a perder-se e, ao mesmo tempo, a encontrar algo profundo e secreto.

Logo ao chegar, o ar é diferente — fresco e levemente úmido, carregando o perfume das árvores centenárias e o sussurro das brisas que passam pelos pinheiros altos. Sintra é envolta por um manto de mistério, onde a natureza e a arquitetura se entrelaçam em uma dança harmoniosa, criando paisagens que parecem capturar a essência do sublime.

No coração desta atmosfera encantada, ergue-se o Palácio Nacional de Sintra, com suas torres cônicas brancas que dominam a paisagem como sentinelas de eras passadas. Sua fachada elegante e simétrica guarda salões adornados com azulejos e tetos pintados, vestígios de uma época em que reis e rainhas passeavam por seus corredores.

Mas é subindo mais alto, nas encostas da serra, que o verdadeiro fascínio de Sintra se revela. O Palácio da Pena, com suas cores vibrantes e arquitetura quase surreal, parece uma joia cravada no topo das colinas, flutuando entre nuvens. Suas torres e muralhas coloridas em tons de amarelo, vermelho e azul são um banquete para os olhos, refletindo o espírito romântico que permeia toda a cidade. Do alto de suas varandas, a vista se estende até o oceano Atlântico, vasto e infinito, como se a própria terra estivesse suspensa entre o céu e o mar.

Ao redor de Sintra, a natureza é selvagem e ao mesmo tempo cultivada, como nos jardins encantados da Quinta da Regaleira, onde grutas e fontes parecem esconder seres místicos.

Cada canto da cidade é uma lembrança de um tempo em que o mundo espiritual e o natural caminhavam lado a lado. Os parques e bosques, com suas árvores retorcidas e musgos que brilham sob a luz suave, abrigam trilhas secretas que conduzem a lugares esquecidos, onde o silêncio reina e o espírito pode vagar livre.

O Castelo dos Mouros, com suas muralhas que serpenteiam pelas cristas da serra, parece ecoar histórias de batalhas e conquistas antigas. A partir de suas ruínas, a cidade se revela abaixo, uma tapeçaria verdejante pontilhada de palácios, igrejas e vilarejos. Sintra é um lugar de sonhos, mas também de história — um lugar onde lendas são tecidas em cada pedra, e onde o presente se confunde com o passado em uma névoa repleta de sensações e misticismos.

Quando o sol começa a se pôr, a névoa desce suavemente sobre as colinas, e a cidade se transforma em um reino quase onírico, onde o tempo parece não existir. A luz dourada do entardecer banha os edifícios, e as sombras longas que se projetam pelas ruas parecem figuras míticas, guardiãs de segredos antigos.

Sintra é mais do que uma cidade; é um portal para outra dimensão, onde a natureza, a arte e o espírito humano convergem em um lugar que não pode ser simplesmente visitado — deve ser sentido, explorado em cada detalhe e, acima de tudo, vivenciado como um retorno às profundezas de um sonho esquecido, mas sempre presente.

Chegando à Quinta da Regaleira, que fica no coração dessas paisagens verdejantes, encontrei-me estupefacto. Este palácio neomanuelino e seus jardins labirínticos parece ter sido tirado de um conto mágico, onde cada pedra e cada planta sussurra segredos de tempos antigos.

Ao entrar nos portões da Quinta, você é imediatamente envolvido por uma atmosfera peculiar. O palácio, com sua fachada rica em detalhes, apresenta uma fusão de estilos gótico, renascentista e manuelino, com torres, ameias e gárgulas que parecem vigiar atentamente os visitantes. As paredes são adornadas com arabescos esculpidos na pedra, e o ar é perfumado pelas flores dos jardins circundantes.

Os jardins são um verdadeiro labirinto de surpresas e simbolismos esotéricos. Caminhos sinuosos conduzem o visitante através de grutas secretas, fontes borbulhantes e escadarias que parecem descer para o próprio centro da Terra.

O som suave da água corrente acompanha o visitante a cada passo, desde as cascatas escondidas até os lagos serenos que refletem o céu azul. Estátuas antigas, ocultas entre árvores centenárias, olham silenciosamente para aqueles que passam, enquanto pequenas pontes e passarelas de pedra convidam a atravessar para mundos escondidos além da vegetação exuberante.

À medida que o dia avança e a luz do sol começa a suavizar, banhando tudo em tons dourados, a Quinta da Regaleira parece vibrar com uma energia mágica. O crepúsculo traz um novo ar de incerto, quando sombras longas se estendem pelos caminhos e o palácio se torna uma silhueta romântica contra o céu tingido de rosa e laranja.

Entre as muitas surpresas escondidas nos jardins está a Capela, com sua arquitetura delicada e seus detalhes que parecem desafiar as noções tradicionais de espaço sagrado. Pequena, mas impressionante, ela reflete o misticismo que permeia toda a Quinta, com vitrais que projetam cores suaves sobre o chão de pedra, criando uma atmosfera de quietude e contemplação. Ao redor dela, estátuas de figuras míticas se escondem entre a vegetação, guardiãs de segredos antigos, silenciosas testemunhas de rituais esquecidos.

Em cada canto, há uma história esperando para ser descoberta, um segredo enterrado nos símbolos maçônicos e alquímicos que adornam a propriedade. A Quinta da Regaleira não é apenas um local para ser visitado; é um santuário de reflexão, de busca interior e de conexão com o misterioso. Ela parece convidar cada visitante a explorar tanto o mundo ao redor quanto as profundezas de sua própria alma, fazendo de cada visita uma experiência profundamente pessoal e inesquecível.

O Poço Iniciático, localizado nos profundos jardins da Quinta, é mais do que uma estrutura arquitetónica — é um portal simbólico para uma jornada espiritual e mística. Visto de fora, ele poderia ser confundido com um poço comum, mas ao aproximar-se de sua borda e olhar para baixo, o visitante se depara com uma espiral descendente que parece se perder nas profundezas da terra. A atmosfera ali é carregada de mistério, como se o próprio ar vibrasse com histórias antigas.

A descida pelo Poço Iniciático é uma experiência transformadora. A escadaria em espiral, esculpida em pedra e cuidadosamente desgastada pelo tempo, leva o visitante a um mundo subterrâneo onde a luz do sol se torna cada vez mais distante. Cada degrau, como parte de um antigo ritual, parece simbolizar uma etapa da jornada interior — uma viagem rumo ao desconhecido, às profundezas da própria alma e do inconsciente. As paredes de pedra, cobertas por musgo e umidade, dão a sensação de que o tempo realmente parou por ali, que estamos além do mundo exterior, como se o poço fosse uma conexão com eras passadas, quando o oculto e o espiritual dominavam a psique humana.

Ao longo da descida, pequenas aberturas nas paredes deixam a luz entrar, criando um jogo de sombras e reflexos que aumentam a sensação de desconhecido. Esses vislumbres de luz natural, filtrados pela vegetação que circunda o poço, iluminam os degraus de forma quase etérea, como se a luz estivesse guiando o caminho, enquanto a escuridão crescente convida à reflexão.

O número de degraus não é aleatório. Diz-se que a estrutura foi construída com profundo simbolismo esotérico, representando os nove círculos do inferno de Dante, ou os níveis de purificação espiritual em antigas tradições iniciáticas. A jornada pelo poço é tanto física quanto metafísica, convidando o visitante a refletir sobre os mistérios da vida e da morte, da ascensão e da queda, do claro e do escuro.

No fundo do poço, uma rosa-dos-ventos está gravada no chão de pedra, cercada por uma cruz templária, reforçando o simbolismo alquímico e espiritual que permeia a estrutura. Ali, no coração da terra, o visitante é confrontado com a quietude absoluta, um silêncio profundo que parece ecoar dentro da própria mente. É como se o poço fosse um local de renascimento — uma descida à escuridão para depois retornar à luz, mais sábio, mais desperto, mais consciente dos significados que envolvem a existência.

O Poço Iniciático não tem uma única interpretação. Alguns veem nele uma alegoria da morte e do renascimento espiritual, outros como um caminho de iniciação nos segredos da alquimia e de ordens iniciáticas. No entanto, a experiência é única para cada visitante. Ao subir novamente pela escada em espiral, cada passo em direção à superfície parece carregar consigo uma nova percepção, uma nova compreensão do que significa trilhar o caminho do autoconhecimento.

Quando finalmente emerge da escuridão para a luz, o visitante não é mais o mesmo. O Poço Iniciático, com sua profundidade física e simbólica, deixa uma marca indelével na alma, como se a própria terra tivesse sussurrado seus segredos mais antigos, revelando fragmentos de um conhecimento que supera o tempo e o espaço. É um lugar de transformação — um espaço onde o espiritual e o terreno se encontram, criando uma experiência inesquecível, tanto para o corpo quanto para o espírito.

Andei pelo lugar todo, senti toda essa aura mística e vibrações. Mas pesava comigo mesmo: "o que estou procurando aqui?"

Caminhei pelas lindas grutas, vi passagens secretas e fiquei curioso para onde poderiam me levar e o que poderiam haver de escondido.

Mas não acreditei que em alguma daquelas cavernas pudesse haver uma câmara com o Santo Graal.

Saí da Quinta e caminhei melancólico pela rua da saída principal, em direção ao centro da cidade. Estava pensando se todo esse movimento não seriam só necessidade de férias e tornar-se-iam somente alguns meses sabáticos, antes de retornar à vida comum, tão estúpido com antes.

Quando parei em frente ao Biester. Havia lido sobre esse lugar em minhas pesquisas sobre Sintra. O lugar, que fica imediatamente ao lado da Quinta da Regaleira, com possíveis conexões subterrâneas entre um e outro, é mesmo repleto de histórias obscuras, possui até mesmo uma Câmara Iniciática co tuneis que podem conectar à Quinta e outras câmaras que podem estar há muito esquecidas. Também possui seu gigantesco jardim, e o palácio em si, é uma das coisas mais bonitas de toda a Europa.

O Palácio Biester, que está escondido quase secretamente no caminho até a Quinta, consegue ser tão surpreendente quanto. É uma joia discreta, envolta por florestas antigas e envolventes. Sua fachada, marcada por elementos neogóticos, parece emergir da vegetação como uma obra de arte esculpida pelas próprias ninfas. Com seus traços detalhados e elegantes, ele carrega uma aura de mistério, evidenciando que guarda segredos profundos, sussurrados pelas paredes ao vento que sopra suave entre as árvores centenárias.

Construído no final do século XIX, o Palácio Biester foi concebido como um refúgio de tranquilidade e contemplação, onde a alma pode se perder nas suas muitas nuances arquitetónicas. O edifício, de tons quentes e ocres, exibe torres delicadas e janelas ornadas, cada uma com uma vista especial para os jardins exuberantes que o cercam. Ao aproximar-se, é impossível não notar os detalhes esculpidos em pedra e ferro, que lembram símbolos antigos, misturando o sagrado e o profano, o histórico e o esotérico.

Os jardins que circundam o palácio são como um labirinto encantado, onde caminhos sinuosos se perdem entre árvores de folhas densas e flores raras. Pequenos lagos e fontes discretas emitem o som suave da água, convidando à meditação e à solidão. Ali, entre a vegetação, há grutas escondidas e passagens secretas que evocam o mesmo espírito enigmático que paira sobre toda Sintra, criando uma conexão invisível com a terra e seus misticismos.

No interior, o Palácio Biester definitivamente não dececiona. Cada sala é uma viagem no tempo, adornada com móveis requintados e detalhes artísticos que revelam a influência de diversas correntes culturais e estéticas. Lustres delicados pendem do teto, espalhando uma luz suave que dança nas paredes forradas de madeira esculpida e tapestries finas. Os amplos salões, repletos de janelas, permitem que a luz natural se infiltre com delicadeza, misturando o exterior selvagem com a elegância refinada do interior.

Ao subir as escadarias em espiral, o visitante é conduzido a um andar superior que oferece vistas majestosas das colinas de Sintra e, em dias claros, do vasto oceano ao longe.

Essa mistura de interior e exterior, de beleza cultivada e natureza indomada, define o espírito do Palácio Biester — um local de contemplação e beleza, onde o tempo parece se dobrar sobre si mesmo, oferecendo a quem o visita uma experiência de serenidade profunda, envolta em esplendor.

O Palácio Biester é um recanto íntimo, uma pérola escondida entre as grandes maravilhas de Sintra. Ele representa a fusão perfeita entre o humano e o natural, o esotérico e o romântico, sendo um convite irresistível para aqueles que desejam se perder em sua atmosfera de quietude e encanto, onde cada detalhe e cada sombra conta uma história.

Mas ainda há mais detalhes importantes no Palácio. A Câmara Iniciática do Palácio Biester é um lugar de profundo simbolismo e misticismo, escondido no interior deste lugar tão único. Ao adentrar seus portões, o visitante é envolvido por uma atmosfera de reverência. A câmara, um espaço sagrado e reservado, foi projetada para evocar uma sensação de transcendência e conexão com o invisível, um local onde os rituais de transformação espiritual e descoberta interior eram realizados.
A luz na Câmara Iniciática é suave e indireta, entrando através de janelas altas e vitrais coloridos que projetam padrões misteriosos nas paredes esculpidas.

O ambiente parece suspenso, onde cada detalhe arquitetónico sugere que este não é apenas um espaço físico, mas também um lugar de meditação profunda. As paredes, adornadas com símbolos esotéricos e figuras místicas, parecem contar histórias — histórias que apenas aqueles dispostos a abrir sua mente podem compreender.

No centro da câmara, uma plataforma circular é rodeada por pilares de pedra delicadamente esculpidos, simbolizando a união entre o terreno e o espiritual. Este centro, tão simples quanto poderoso, é onde os iniciados se colocavam para rituais e meditações, como se o próprio espaço convidasse ao silêncio profundo e à introspecção. Cada pedra parece carregar o peso de séculos de conhecimento oculto, como se as vozes de esotéricos, místicos e buscadores espirituais ecoassem pelas suas paredes.

Acima, o teto da Câmara Iniciática é uma obra de arte em si, um céu simbólico representado por formas geométricas que remetem às estrelas, aos planetas e aos mistérios do cosmos. A sensação é de que, ao se posicionar no centro da câmara, o iniciado está no coração de um universo maior, conectado às forças superiores que guiam a evolução espiritual.

A luz que desce do teto parece tocar suavemente a pessoa no centro, como se banhasse a alma com uma energia sagrada e restauradora.

As colunas ao redor da câmara são ornamentadas com motivos que remetem a ordens antigas, principalmente o rosacrucianismo, reforçando a ideia de que este é um espaço de revelação, de busca pelos segredos mais profundos da existência. No chão, padrões geométricos em preto e branco, como um tabuleiro de xadrez, simbolizam a eterna dualidade da vida — o bem e o mal, a luz e a escuridão, o consciente e o inconsciente — elementos essenciais na jornada iniciática.

O silêncio dentro da câmara é palpável, quase tangível, como se o próprio ambiente estivesse protegido por um véu de mistério. Ao se mover dentro dela, o som dos passos é abafado, criando a impressão de que o espaço é mais do que apenas físico — ele parece fluir entre o visível e o invisível, entre o presente e o eterno. É um lugar que convida à contemplação silenciosa, onde o mundo comum perde sua relevância e o foco se volta totalmente para a interioridade.

Eu, ao sair da Câmara Iniciática, percebi o quanto é impossível sentir-se como antes. O ambiente, tão carregado de significado, parece ter deixado uma marca invisível na alma, como se a experiência dentro daquele espaço sagrado tivesse despertado algo adormecido.

A Câmara Iniciática do Palácio Biester é, assim, mais do que uma simples sala — é um portal para a transformação, um lugar onde a alma se alinha com o cosmos, e o espírito se eleva em busca de verdades eternas.

Sim, encontrei lugares incríveis em Sintra e acerca de seus segredos templários. Mas *"o que eu esperava encontrar?"*.

Caminhei melancólico em direção ao trem para Lisboa. Afinal, eu somente estava de férias.

Capítulo 2
A Mulher de Vermelho
III. Clavis.

À noite, o Bairro Alto, em Lisboa, se transforma em um mundo à parte, vibrante e enérgico, onde as ruas estreitas de paralelepípedos ganham uma nova vida sob a luz amarelada dos antigos lampiões. As fachadas dos prédios, adornadas com varandas de ferro e azulejos desgastados pelo tempo, parecem mais vívidas sob a escuridão, revelando uma beleza discreta e decadente, típica do charme lisboeta.

O ar é denso, carregado com o cheiro de comida vinda das tascas e restaurantes, e com a mistura de perfumes e sons de risadas e música que se derrama pelas portas abertas dos bares.

O bairro, durante o dia, parece tranquilo e quase sonolento, mas ao cair da noite, ele desperta como se guiado por uma energia subterrânea. Pequenos grupos de pessoas se reúnem nas esquinas, enchendo as ruas com vozes e histórias que se entrelaçam no ar, como se a própria cidade estivesse em festa. O fado, esse canto melancólico e profundo, ecoa em certos recantos, escapando pelas portas entreabertas das casas de fado que mantêm viva essa tradição, com músicos e cantores que expressam a alma de Lisboa através de cada nota.

À medida que a noite avança, o Bairro Alto pulsa com um ritmo próprio. Os bares apertados e intimistas começam a transbordar, e as ruas se transformam em extensões dos próprios estabelecimentos. As pessoas bebem vinho, cervejas artesanais e cocktails, enquanto se espalham pelas calçadas e escadas, ocupando cada centímetro disponível. O som de conversas animadas se mistura com o ritmo eletrizante de DJs tocando em pequenos clubes, onde as luzes de néon piscam e o ambiente fica saturado de energia.

Ao mesmo tempo, há algo quase poético no caos ordenado que se desenrola ali. O contraste entre as ruas centenárias, que já viram tantas gerações passar, e a juventude vibrante que agora ocupa cada canto cria uma atmosfera de fusão entre o antigo e o novo. É como se o Bairro Alto guardasse a essência de tempos passados, mas ao mesmo tempo se renovasse a cada noite, num ciclo de vida constante.

E ainda que a festa seja o protagonista, existem momentos de quietude escondidos em suas vielas. Ao se afastar das ruas mais movimentadas, descobre-se cantos silenciosos, onde as sombras das árvores balançam suavemente sob a luz dos postes, e os sons distantes da noite se tornam um murmúrio ao longe. Ali, em meio à agitação, é possível encontrar a serenidade, como se o bairro quisesse oferecer uma pausa àqueles que buscam um momento inesperado de silencio.

O Bairro Alto, é um caleidoscópio de experiências — desde a música vibrante até a quietude inesperada, desde os sorrisos e encontros casuais até o sentimento de pertencimento a algo maior. É o coração pulsante da vida noturna de Lisboa, onde a cidade mostra sua face mais viva, e onde o tempo parece se dissolver em um fluxo contínuo de alegria, música e celebração.

Parei em um daqueles bares que tinha ares de um autêntico pub irlandês. Pedi um Old Fashioned. Afinal, e precisava começar a curtir as minhas férias.

Quando já estava finalizando o drink, uma figura alta e magra entrou pela porta. Ela tinha cabelos castanhos e longos, e tudo nela me fazia pensar que era britânica. Ao lado, uma amiga de cabelos encaracolados escuros e sobrancelhas marcantes.

Nossos olhares se encontraram por um instante, e senti aquela faísca rara, aquela descarga de atração que surge poucas vezes na vida.

Um calor súbito percorreu meu corpo, meu coração acelerou brevemente, e um leve pulso de adrenalina fez com que eu desviasse o olhar. Voltei-me ao barman e pedi outro drink, tentando parecer alheio ao que acabara de acontecer.

Elas se sentaram em uma mesa próxima, e, com a música em um volume moderado, ouvi fragmentos do que conversavam. Parecia que celebravam algo importante, talvez uma entrevista que uma delas havia dado para uma emissora americana, mencionando o sucesso de um livro que publicara.

A mulher de vermelho se levantou, caminhou até o balcão e parou ao meu lado para pedir duas cervejas. Enquanto esperava, virou-se em minha direção e, com um sorriso malicioso, disse em um inglês impecável, mas com um sotaque encantador, que eu não conseguia identificar:

"Você sempre tem esse ar melancólico e misterioso, ou hoje a noite é especial?"

Senti meu rosto esquentar. Não esperava que ela iniciasse uma conversa comigo.

"Bom... hoje é noite de Lua Cheia, acho que tudo se intensifica, não?" — respondi, tentando manter-me tranquilo enquanto pegava meu copo.

Ela sorriu com um brilho nos olhos.

"Primeira vez em Lisboa, não é?"

Assenti.

"E o que está procurando? Todos que acabam aqui estão à procura de algo."

Fiquei intrigado com a palavra "estávamos".

"O Santo Graal" — respondi, com um tom de desafio.

Ela riu alto.

Sua amiga, na mesa, nos observou curiosa.

"Achei que o Graal tivesse se perdido no meio das brumas da Idade Média europeia" — disse ela, ainda com um sorriso, mas havia algo enigmático em seu tom.

Foi nesse momento que percebi: ela não era europeia.

— "Anota o meu número. Quando encontrá-lo, me liga" — disse ela, entregando-me o telefone para que trocássemos contatos.

Ela voltou para a mesa, e eu terminei meu drink. Decidi sair e caminhar pelas ruas do Bairro Alto. Enquanto andava, o que ela dissera ressoava em minha mente: "perdido na Idade Média". Havia algo naquela frase, algo mais profundo, que ecoava na minha cabeça como um enigma.

E Europa estava repleta de mistérios antigos, alquimistas desaparecidos, livros ocultos, castelos com suas galerias secretas. Talvez devesse cogitar alguns dos mitos que vi nessas ordens secretas e continuar procurando por algo, talvez não só em Portugal.

Dias depois, em um dos meus passeios por Alfama, passei em frente ao Museu do Teatro Romano de Lisboa, e decidi entrar.

Percebi que havia uma mostra de pinturas. Bom, poucas vezes senti aquela sensação. Talvez só quando vi a Fontana de Trevi pela primeira vez, ou o Rapto de Proserpina, na Galeria Borghese, em Roma.

As pinturas de Barahona Possollo são uma celebração ao mesmo tempo vibrante e profundamente simbólica da tradição clássica da arte, mas com uma sensibilidade contemporânea e nuances sombrias. O artista português, conhecido por sua maestria técnica, cria obras que resgatam a grandiosidade dos mestres antigos — ao meu ver, ele é o

Caravaggio português —, mas com um olhar moderno e muitas vezes enigmático.

Seus retratos e composições estão imbuídos de uma aura quase mística, onde o uso dramático de luz e sombra, junto com a atenção obsessiva aos detalhes, capturam a essência e a alma de seus temas de uma maneira que vai além da mera representação física.

Possollo utiliza um realismo intensificado, onde cada detalhe, desde a textura da pele até a complexidade dos tecidos, é trabalhado com uma precisão quase fotográfica, mas que não se limita à reprodução da realidade. Suas figuras, muitas vezes colocadas em poses clássicas, parecem emergir de um espaço atemporal, suspenso entre o presente e uma dimensão mais profunda e simbólica.

Há algo de introspectivo e etéreo em seus retratos; as expressões dos personagens retratados parecem sugerir histórias não contadas, segredos guardados por trás de olhares penetrantes e sutilmente carregados de emoção.

Um dos elementos mais marcantes em suas obras é o uso dramático do claro-escuro, uma técnica herdada dos mestres barrocos, onde a luz foca nos elementos mais significativos da composição, destacando rostos, mãos e objetos simbólicos, enquanto o restante da cena se dissolve em sombras profundas e misteriosas.

Esse contraste acentua a intensidade emocional das obras, criando um clima de mistério, quase dantesco. O espectador é muitas vezes levado a contemplar não apenas a beleza técnica da pintura, mas também o que ela sugere além do visível, como se as figuras estivessem envoltas em uma narrativa silenciosa, algo que apenas elas e o artista compreendem plenamente.

Os temas de Possollo frequentemente remetem a motivos clássicos e religiosos-míticos, mas sempre com uma interpretação pessoal e única. Suas representações de santos, por exemplo, estão longe de ser meros ícones de devoção. Em vez disso, há um certo ar de vulnerabilidade e realidade que transforma essas figuras em seres humanos complexos, cheios de conflitos internos.

Ele também explora a natureza simbólica de objetos — livros, relíquias, coroas — que adicionam camadas de significado às suas composições, sugerindo narrativas ocultas e referências a tradições tanto ocidentais quanto esotéricas.

Possollo parece brincar com o tempo em sua arte, mesclando eras e estilos. Seu trabalho, enquanto evoca o Renascimento e o Barroco, possui uma qualidade contemporânea que o torna relevante para o presente. Suas pinturas podem ser vistas como uma ponte entre a grande tradição da pintura europeia e as preocupações e sensibilidades modernas, um diálogo entre o passado e o presente que se desenrola em cada tela.

A arte de Barahona Possollo é marcada por uma beleza inquietante, onde o virtuosismo técnico encontra uma profundidade psicológica e simbólica. Cada pintura é uma janela para um mundo carregado de significados ocultos, onde a luz e a sombra, a história e o mito, o bem e o mal, o mundano e o espiritual, e até o erótico e o sagrado se entrelaçam em um jogo fascinante de significados e emoções.

O efeito que aquelas pinturas tiveram em mim foi dilacerante. Todo aquele simbolismo de forma tão bela era quase transcendental.
Lembrei dos meus estudos de alquimia enquanto adolescentes, as gravuras medievais repletas de símbolos ocultos e esquecidos, que podiam indicar um conhecimento sagrado.

Se alguém podia exprimir aquilo em sua arte, tudo era possível.
Era possível alquimistas terem descoberto o Azoth, a Pedra Filosofal. Era possível haver mistérios ainda não compreendidos pela grande maioria dos homens.

E, enriquecendo meus olhos com aquelas pinturas, lembrei que não estava tão distante da cidade onde *possivelmente* estava, se ainda vivo (com mais de 200 anos), um dos alquimistas mais intrigantes e enigmáticos de todos os tempos.

Fulcanelli, uma das principais figuras da alquimia moderna, senão a principal, cercado de mistérios e mitos que ainda hoje inspiram curiosidade e especulação. Conhecido principalmente por seus escritos alquímicos, em especial as obras "O Mistério das Catedrais" e "As Moradas Filosofais", Fulcanelli é uma figura envolta em sombras — sua verdadeira identidade permanece um segredo cuidadosamente guardado, alimentando teorias e lendas que vão desde a sua possível imortalidade até o envolvimento em sociedades secretas.

O pseudônimo pelo qual o alquimista se tornou conhecido, nunca foi identificado com certeza. Diversas teorias foram propostas ao longo dos anos, com alguns sugerindo que ele seria um cientista ou intelectual francês proeminente da época, como Jules Violle, Eugène Canseliet (seu alegado discípulo), ou até mesmo o famoso físico Pierre Curie. Outros acreditam que ele poderia ser uma figura ainda mais antiga, que teria conseguido prolongar a própria vida por meio do elixir da imortalidade, algo que muitos alquimistas buscavam.

A ausência de registos claros sobre Fulcanelli e a natureza quase sobrenatural de sua figura deram origem à especulação de que ele teria dominado os segredos mais profundos da alquimia — a transmutação dos metais, a Pedra Filosofal e, acima de tudo, o poder sobre a própria morte. Sua alegada capacidade de se manter anônimo em um período de intensa atividade intelectual alimentou rumores de que ele teria alcançado a imortalidade.

As duas principais obras de Fulcanelli são complexas e altamente simbólicas, focando nos segredos alquímicos ocultos nas estruturas góticas e na arquitetura antiga. Ele não se limitava a discussões teóricas sobre o processo alquímico, mas conectava o Grande Arcano com a arte e a arquitetura, vendo nas catedrais medievais, como Notre-Dame de Paris, verdadeiros livros de pedra, onde os segredos da alquimia estariam inscritos.

"O Mistério das Catedrais" explora a ideia de que os arquitetos e construtores das grandes catedrais góticas eram iniciados nos mistérios da alquimia, e que os próprios edifícios serviam como instrumentos de ensino espiritual e esotérico. Fulcanelli via essas catedrais como representações físicas do conhecimento hermético, onde cada detalhe — desde esculturas até símbolos aparentemente decorativos — escondia significados ocultos relacionados ao processo alquímico.

"As Moradas Filosofais" continua essa linha de pensamento, analisando monumentos, construções e símbolos que, segundo ele, incorporavam o conhecimento alquímico. Fulcanelli sugeria que esses monumentos serviam como guias para aqueles capazes de interpretar seus segredos, levando-os à descoberta da Pedra Filosofal, que simboliza a transmutação espiritual e material.

O mito de Fulcanelli não se limita à sua obra escrita. Diz-se que ele teria desaparecido misteriosamente após a publicação de "As Moradas Filosofais", deixando seu discípulo Eugène Canseliet como guardião de seus segredos. Canseliet, em seus escritos, afirmou que Fulcanelli teria conseguido realizar a grande obra alquímica, o que, segundo a lenda, lhe teria dado poder sobre a morte.

Outro mito intrigante sobre Fulcanelli envolve a Segunda Guerra Mundial. Há rumores de que cientistas nazistas teriam buscado Fulcanelli para obter o segredo da transmutação dos metais em ouro ou para usar seus conhecimentos na criação de uma arma de destruição em massa.

No entanto, Fulcanelli teria desaparecido, escapando de todas as tentativas de contato. Alguns relatos ainda sugerem que Fulcanelli teria alertado seus discípulos sobre os perigos da energia nuclear antes da detonação das bombas atômicas.

Uma das histórias mais notáveis é a alegada última aparição de Fulcanelli, em Sevilha, onde supostamente residia. Segundo Canseliet, ele teria encontrado seu mestre décadas após seu desaparecimento, em 1954, na Espanha. Nessa ocasião, Fulcanelli estaria visivelmente mais jovem do que quando desapareceu, alimentando a lenda de que ele teria realmente descoberto o segredo da imortalidade.

O que torna Fulcanelli uma figura tão intrigante não é apenas o mistério de sua identidade, mas a profundidade filosófica e simbólica de sua obra. Fulcanelli transcende a alquimia puramente materialista — a transmutação do chumbo em ouro — e explora a alquimia espiritual, onde a verdadeira transformação é a do próprio alquimista.

Para Fulcanelli, as catedrais e monumentos não eram apenas obras arquitetónicas, mas símbolos profundos da busca pela iluminação espiritual e pela compreensão das leis divinas do universo.

Seu legado é envolto em escuridão, e ele permanece uma das figuras mais discutidas e reverenciadas no mundo esotérico, especialmente entre aqueles que veem a alquimia como uma ciência não apenas física, mas espiritual.

Fulcanelli, seja ele uma pessoa real ou uma construção simbólica, representa a busca eterna pela sabedoria oculta, pela superação dos limites humanos e pelo poder de desvendar os mistérios mais profundos da existência.

E, pelo visto, eu ainda estava nessa busca.

Capítulo 3
O Livreiro
IV. Clavis.

Eu tinha deixado minha esperança de encontrar qualquer "Santo Graal" ou "Pedra Filosofal" nas profundezas da Câmara Iniciática do Biester. Porém, segui meu caminho para a Espanha.

Sevilha é uma cidade que pulsa com vida, história e paixão, onde o passado e o presente se entrelaçam em cada esquina. Situada às margens do rio Guadalquivir, a cidade parece eternamente banhada por uma luz dourada que ressalta a beleza de suas praças, igrejas e palácios.

O horizonte de Sevilha é dominado pela majestosa Giralda, a torre que já foi minarete de uma mesquita e hoje se ergue como o símbolo de uma cidade marcada por séculos de culturas entrelaçadas. A catedral, a maior igreja gótica do mundo, impõe sua presença imponente no coração da cidade, com suas pedras que parecem contar histórias de conquistas, devoção e poder.

As ruas de Sevilha são um labirinto encantador de vielas estreitas e largas avenidas, onde a vida cotidiana acontece entre a sombra das árvores de laranjeiras e os sons de conversas animadas. Os becos do bairro de Santa Cruz, antigo bairro judeu, são um refúgio de tranquilidade, com suas casas caiadas de branco, varandas floridas e pátios escondidos que convidam a uma pausa silenciosa. Ao caminhar por ali, é fácil se perder na beleza dos detalhes: os azulejos coloridos, as portas de madeira maciça, as fontes que murmuram suavemente no calor do meio-dia.

O espírito de Sevilha é vibrante, apaixonado e profundamente enraizado em suas tradições. A cidade vive o flamenco como se fosse uma extensão de sua alma. Em cada bar, em cada taberna, é possível sentir a batida das palmas e ouvir o toque melancólico da guitarra, acompanhando vozes que expressam o sentimento visceral e intenso do "cante jondo."

Sevilha respira flamenco, e essa arte tão característica reflete o próprio caráter da cidade: intensa, apaixonada e, ao mesmo tempo, profundamente lírica.

As praças de Sevilha são o centro da vida social, especialmente a icônica Plaza de España, com seu semicírculo majestoso que abraça um canal sereno. Ali, durante o dia, famílias passeiam, casais remam pelas águas tranquilas, e os visitantes se perdem na riqueza dos azulejos que representam as províncias da Espanha. Ao lado, o Parque de María Luisa oferece um refúgio verde e exuberante, onde fontes, esculturas e caminhos sinuosos conduzem os passantes a momentos de paz em meio ao burburinho da cidade.

Sevilha também é um banquete para os sentidos. Suas tabernas e bares de tapas são locais de encontro e celebração, onde sabores únicos da cozinha andaluza são servidos em pequenas porções que convidam à partilha. O jamón ibérico, o gazpacho fresco, o pescaito frito — cada prato é uma expressão da terra, dos ingredientes locais e da tradição que passa de geração em geração. Ao entardecer, as mesas ao ar livre se enchem de pessoas desfrutando de uma taça de vinho ou de uma refrescante cerveja, enquanto o cheiro de comida e o riso das conversas preenchem o ar.

Sevilha é, acima de tudo, uma cidade de contrastes e harmonia. A grandiosidade dos seus monumentos, como o Alcázar — um palácio mouro que parece saído das "Mil e Uma Noites" com seus pátios de mármore, jardins perfumados e mosaicos intrincados — se mistura à simplicidade acolhedora das ruas mais humildes. É uma cidade que honra seu passado árabe, judeu e cristão, cujas culturas deixaram marcas profundas, visíveis em cada fachada, em cada igreja transformada de mesquita, em cada festa tradicional.

No coração de tudo isso está o sevilhano: caloroso, acolhedor e orgulhoso de sua terra. Sevilha tem um ritmo próprio, onde o tempo parece desacelerar, especialmente durante as tardes de siesta, quando o sol é implacável e a cidade mergulha em um silêncio preguiçoso. Mas ao cair da noite, a cidade desperta com uma energia vibrante, suas ruas se enchendo de vida, música e celebração. Sevilha é uma cidade que se vive intensamente, com todos os sentidos, um lugar onde o passado se faz presente em cada passo, e onde o futuro é celebrado com a mesma paixão que guia sua alma há séculos.

A Páscoa em Sevilha, mais precisamente a Semana Santa, é uma celebração profundamente enraizada na alma da cidade, onde a fé e a tradição se entrelaçam em uma atmosfera carregada de intensidade e reverência. Durante essa semana, Sevilha mergulha em um cenário sombrio e solene, onde o misticismo religioso se expressa de forma visual e emocional, envolvendo seus habitantes e visitantes em uma experiência quase litúrgica. É um período em que a cidade, normalmente viva e vibrante, assume um tom mais sombrio, e as procissões tomam conta das ruas com um peso quase cerimonial, carregado de penitência e devoção.

Ao cair da noite, Sevilha muda. As ruas estreitas e sinuosas do centro histórico, banhadas pela luz vacilante dos lampiões, tornam-se passagens sombrias onde sombras de figuras encapuzadas, os nazarenos, se alongam nas fachadas dos prédios centenários. Vestidos com suas longas túnicas e capuzes cônicos que cobrem totalmente o rosto, os nazarenos caminham em fileiras silenciosas e ininterruptas, segurando velas cujas chamas tremeluzentes parecem lutar contra a escuridão que envolve a cidade. A imagem desses penitentes, ocultos em suas vestes, cria uma atmosfera quase medieval, evocando rituais de purificação e sacrifício.

O silêncio que domina as procissões é opressivo. Os sons da vida cotidiana parecem desaparecer, e a única coisa que se ouve é o arrastar dos pés dos nazarenos sobre as pedras antigas e o toque fúnebre dos tambores, marcando o ritmo lento e solene. As trombetas ecoam por entre as ruas estreitas, seus sons agudos cortando o ar pesado, como um chamado distante, quase macabro, que parece evocar algo mais profundo e primitivo. As ruas estão cheias de pessoas, mas o clima é de introspecção e respeito. Cada rosto na multidão reflete o peso da tradição que se desdobra diante de seus olhos — uma tradição que remonta a séculos de história e devoção.

Quando os pasos — os enormes andores que carregam as imagens de Cristo e da Virgem Maria — surgem, a atmosfera muda. As figuras de Cristo, muitas vezes esculpidas com expressões de agonia e sofrimento, lembram de forma visceral o martírio e a morte. As cenas da Paixão são representadas com uma intensidade quase crua, e o peso da crucificação é palpável em cada detalhe dos andores, ricamente decorados com ouro, velas derretendo lentamente e flores vermelhas, como sangue. O Cristo Crucificado avança lentamente pelas ruas, levado pelos costaleros, cujos corpos se contorcem sob o peso esmagador do andor, invisíveis sob o manto de flores e adornos.

O público, esmagado contra as paredes das ruas estreitas, assiste em um silêncio carregado de emoção. Lágrimas escorrem discretamente dos olhos de muitos, enquanto o ar se enche de murmúrios de oração e súplicas silenciosas.

O clima é de profundo luto e reflexão — não apenas sobre o sofrimento de Cristo, mas sobre a própria mortalidade e os pecados que cada um carrega. A passagem do Cristo Crucificado parece lembrar a todos da inevitabilidade da morte, do julgamento e da penitência.

Logo após o Cristo, vem a Virgem Dolorosa, a Mãe de Deus envolta em mantos negros e dourados, com o rosto marcado pela dor insuportável da perda de seu filho.

A expressão de desespero na face da Virgem, esculpida com um realismo assombroso, é um golpe emocional para os que assistem. Cada passo que ela dá é seguido por olhares fixos de devoção, e quando um cantor, escondido em uma das varandas das ruas estreitas, o silêncio é quebrado por aquela melodia lancinante, uma canção de dor que reverbera pelos becos escuros, intensificando o peso do momento.

As velas que os nazarenos carregam projetam uma luz fraca, iluminando parcialmente seus rostos escondidos, enquanto os passos das procissões serpenteiam por becos e praças, seguindo o mesmo trajeto que durante séculos foi trilhado por penitentes e fiéis. É uma marcha que atravessa o coração da cidade, mas que também parece atravessar o tempo, como se as almas dos mortos e dos vivos estivessem ali, misturadas na escuridão, observando o desenrolar desse ritual ancestral.

A noite mais sombria de todas é a Madrugada de Sexta-feira Santa. A cidade permanece em vigília, com as procissões mais importantes saindo durante a noite profunda. O Cristo da Hermandad del Gran Poder e a Virgem Macarena são conduzidos pelas ruas em meio a um silêncio quase sepulcral, quebrado apenas pelos lamentos das trombetas e o toque grave dos tambores. É como se o tempo parasse, e Sevilha fosse transportada para um limiar entre a vida e a morte, entre o sagrado e o profano.

A Semana Santa em Sevilha não é apenas um evento religioso — é um mergulho em algo primitivo e profundo. É uma mistura de fé, luto e esperança, onde a cidade se cobre com um manto de escuridão e contemplação, enquanto os rituais de penitência e devoção envolvem a alma de todos que testemunham a grandeza solene dessas procissões.

Caminhei em meio àquela procissão de figuras fantasmagóricas, porém fascinantes, quando meus olhos se fixaram em uma réplica do Santo Sudário que passava. O burburinho ao redor tornou-se um eco distante por um breve instante, enquanto uma curiosidade inesperada me envolvia, misturada a um leve receio. Tudo parecia desacelerar, e por alguns segundos, desconectei-me da multidão à minha volta.

Então, fui interrompido pela presença de um homem muito mais baixo que eu. Ele era impecável em todos os aspectos: cabelos brancos como a neve, contrastando com sua pele incrivelmente jovem, quase sem marcas do tempo. Sua camisa era de branco imaculado, e até seus sapatos brilhavam como se nunca tivessem tocado o chão. Toda essa perfeição me causou um estranhamento, como se ele não pertencesse àquele cenário caótico.

Com uma voz clara e sem qualquer sotaque que eu pudesse identificar, ele perguntou, em espanhol, enquanto apontava para a peça à minha frente:

"Sabe o que é?"

Desperto do meu devaneio, respondi, em um espanhol enferrujado:

"É o Santo Sudário, a representação da mortalha que, dizem, cobriu o corpo de Jesus."

Ele ergueu uma sobrancelha, como se essa informação lhe fosse nova.

"Ah... que interessante." — disse ele, com um leve sorriso enigmático, antes de se virar e continuar seu caminho.

Antes que ele virasse, algo me chamou a atenção: pendurada em seu pescoço, uma corrente de ouro com um pingente peculiar — o símbolo matemático de "mais". A visão me desconcertou. Como poderia um espanhol daquela idade, em um país historicamente tão católico, não conhecer o Santo Sudário? E o que significava aquele símbolo? Fiquei curioso, mas prossegui em meu caminho.

No dia seguinte, continuando meu passeio por Sevilha, até ficar completamente maravilhado onde acabara de chegar.

A Plaza de España é, sem dúvidas, um dos cenários mais grandiosos e encantadores de toda a Espanha, onde a história, a arte e a arquitetura se encontram em uma harmonia, talvez sem exagerar, perfeita. Inaugurada em 1929 para a Exposição Ibero-Americana, a praça é uma verdadeira obra-prima da arquitetura regionalista, mesclando elementos renascentistas e mouriscos com o estilo espanhol tradicional, criando uma atmosfera apoteótica que parece evocar séculos de cultura e tradição.

Ao entrar na praça, a primeira impressão é de imensidão. O vasto semicírculo, abraçado pelo edifício monumental que se curva elegantemente ao redor da praça, convida o visitante a mergulhar em um espaço de esplendor e opulência. As torres simétricas que flanqueiam os extremos da estrutura parecem vigiar o local como sentinelas, oferecendo uma perspectiva majestosa do céu andaluz, que, ao cair da tarde, se tinge de dourado, refletindo nas águas tranquilas dos canais que serpenteiam pela praça.

No coração da Plaza de España, uma grande fonte emana sons suaves de água corrente, criando um clima de serenidade que contrasta com a grandiosidade da arquitetura. O movimento da água, refletindo a luz do sol, adiciona uma dimensão quase mística à experiência, como se cada gota carregasse consigo fragmentos da longa e rica história de Sevilha. O efeito visual é impressionante, especialmente quando o céu se ilumina com os tons quentes do entardecer, fazendo a praça brilhar como uma joia dourada.

Os azulejos que adornam a Plaza são, sem dúvida, uma das suas características mais fascinantes. Cada província da Espanha é representada por painéis de azulejos pintados à mão que contam histórias de suas regiões, criando uma sensação de unidade e diversidade ao mesmo tempo. Esses azulejos coloridos não apenas embelezam o espaço, mas também servem como uma homenagem visual à rica tradição artesanal do país. Caminhar pela praça e observar os detalhes em cada painel é como percorrer um mapa cultural da Espanha, com a arquitetura vibrante e a arte colorida servindo como uma ponte entre o passado e o presente.

Além da sua beleza arquitetónica e artística, há uma energia quase mística que paira sobre a Plaza de España. A simetria do espaço, as linhas curvas da construção e o suave fluir da água criam um equilíbrio perfeito entre natureza e arte, remetendo à ideia de que esse local não é apenas uma construção física, mas um espaço de contemplação e harmonia espiritual.

À noite, a praça se transforma. A iluminação suave banha as paredes e as torres, destacando a sua elegância imponente contra o céu estrelado. Há algo de quase místico na quietude que toma conta do lugar quando o fluxo de turistas diminui, e a Plaza de España se transforma em um refúgio de beleza e serenidade, onde o tempo parece parar, permitindo que os segredos e histórias antigas de Sevilha ressoem nas pedras e nos azulejos.

A Plaza de España é muito mais do que uma simples praça; é uma celebração visual e arquitetónica da cultura e da história da Espanha, um símbolo de Sevilha e uma das joias da Andaluzia. Cada detalhe, desde os azulejos coloridos até os arcos imponentes, é um convite para se perder em sua grandiosidade e mergulhar nas narrativas que ela sutilmente conta a cada canto, a cada reflexo, e a cada passo dado sobre suas pedras seculares.

Voltei caminhando para o bairro central de Sevilha e, entre uma pequena viela e outra avistei: uma livraria esotérica.

Bom, eu não podia permitir-me perde a oportunidade, não é mesmo!?
Entrei na livraria com um passo hesitante, como se procurasse mais do que apenas livros nas prateleiras antigas de madeira. O aroma de papel envelhecido e couro impregnava o ar, trazendo uma estranha sensação de familiaridade. Atrás do balcão, o livreiro — o mesmo homem de cabelos grisalhos e brancos que eu havia encontrado no dia anterior, em frente ao Sudário — lia calmamente, sem levantar o olhar.

Com a voz suave, mas com um toque de precisão, ele quebrou o silêncio:

"Está em busca de algo específico, ou apenas deixou que o acaso o guiasse até aqui?" — disse ele, desta vez em um inglês impecável.

Eu, intrigado com o tom enigmático, respondi com um leve desafio:

"Coincidências não existem... apenas a ilusão de coincidência."

Ele fechou o livro com cuidado, mas continuou segurando-o, e então me encarou, os olhos curiosos como se sondassem algo além das palavras.

"Curioso... certos segredos costumam se esconder entre as páginas certas. Às vezes, em lugares improváveis." — ele fez uma pausa — "Temos aqui um buscador, não é?"

Eu havia entrado por impulso, mas a estranha sensação de que essa conversa estava, no mínimo, se tornando bastante curiosa.

— "Estou à procura de respostas... aquelas que pudessem explicar a vida e o universo." — confessei, num tom que misturava poesia e ironia.

O livreiro sorriu, um sorriso discreto, quase como quem compartilha um segredo.

— "Essas respostas... só são encontradas depois que se atravessa a ponte da morte."

A "Ponte da Morte"... eu já tinha lido sobre aquele lugar curioso e suas gravuras antigas, que fica em Lucerna. Interpretei, talvez erroneamente, que aquilo não era uma mera metáfora.

Enquanto tentava processar, meus olhos pousaram no livro que ele segurava.

— " Basilius Valentinus... um alquimista notável, não?"

Por um breve instante, ele pareceu desconcertado com minha frase, mas logo recompõe-se.

— "Sim, é uma biografia que ainda não foi publicada."

— "E está interessante?"

"Muito. Nesse ponto da narrativa, ele está prestes a cruzar o Portão de São Miguel, em Bratislava." — disse, rapidamente.
Então, como se quisesse mudar de assunto, completou: "E qual o seu nome, meu jovem?"

— "Miguel." — respondi, sentindo a ironia no ar.

Ele esboçou um sorriso, um traço de sarcasmo na voz.

— "Coincidência? Ou seria apenas outra ilusão?"

O livreiro balançou a cabeça, como se tudo não passasse de uma simples casualidade, e apontou para as estantes cheias de volumes antigos.

— "Fique à vontade, Miguel."

Eu sabia o que precisava fazer. Primeiro, atravessar a Ponte da Morte. E depois, se conseguisse sobreviver a isso, enfrentar o Portão de São Miguel.

Capítulo 4
A Ponte da Morte
V. Clavis.

Zurique, à primeira vista, é uma cidade onde a modernidade encontra o charme histórico em perfeita harmonia. Situada às margens do Lago de Zurique, com os Alpes ao fundo, a cidade combina uma eficiência contemporânea com uma beleza discreta, típica das cidades suíças. Conhecida como o centro financeiro da Suíça e uma das cidades com a melhor qualidade de vida do mundo, Zurique exala uma sensação de ordem, prosperidade e cultura refinada, mas também esconde uma profundidade histórica e cultural que convida a ser explorada.

O Altstadt — o centro histórico da cidade — é uma rede encantadora de ruas estreitas, ladeadas por edifícios medievais e renascentistas. Passear por suas vielas de pedra é como viajar no tempo, com cada esquina revelando uma nova fachada colorida, um antigo bebedouro esculpido ou uma pequena praça acolhedora. As torres das igrejas se erguem sobre o horizonte, especialmente a impressionante dupla de torres da Grossmünster, que domina o panorama de Zurique com sua arquitetura românica imponente e está ligada às origens da Reforma Protestante na cidade.

A cidade é famosa por seus museus, como o Kunsthaus Zürich, lar de uma das mais importantes coleções de arte da Europa, abrangendo desde mestres clássicos até contemporâneos. Zurique também é rica em espaços verdes, com parques bem cuidados e a beleza tranquila do lago, onde moradores e visitantes passeiam à beira d'água, aproveitando a vista pacífica e o ar puro. No verão, as margens do lago se tornam um refúgio animado, com pessoas nadando, velejando ou simplesmente relaxando sob o sol.

Além do lado financeiro e histórico, Zurique é também uma cidade vibrante e inovadora, com uma cena cultural dinâmica. Os bairros modernos, como Zürich-West, estão repletos de arte contemporânea, bares descolados e restaurantes que misturam tradição suíça com influências globais. Esse distrito, antigamente uma área industrial, se transformou em um símbolo da renovação urbana, com armazéns convertidos em galerias, clubes e espaços de arte, enquanto pontes de aço e estruturas modernas contrastam com a arquitetura mais tradicional da cidade.

Zurique, com seu ritmo suave, equilibra a eficiência e a riqueza do mundo moderno com um profundo respeito pela história e pela natureza. É uma cidade que se revela aos poucos, oferecendo não só luxo e inovação, mas também momentos de contemplação e uma beleza silenciosa que conquista os que por ali passam.

Mas eu estava com pressa de encontrar a Morte. Fiz um passeio breve pelos principais bairros de Zurique, e fui à estação de trens pegar o trem para Lucerna.

Lucerna é uma cidade envolta em uma beleza exuberante, situada às margens do sereno Lago dos Quatro Cantões e cercada pelas montanhas dos Alpes suíços, cujas picos cobertos de neve refletem nas águas calmas. À primeira vista, Lucerna parece uma cidade saída de um conto de fadas, com seu cenário natural impressionante e suas construções históricas que parecem resistir ao tempo. O centro histórico preserva uma atmosfera medieval, com ruas pavimentadas e casas adornadas com fachadas coloridas e murais, que contam histórias de uma Suíça antiga e mística. Mas, além da sua beleza pastoral, Lucerna também guarda um lado sombrio, especialmente visível em sua icônica Ponte da Capela, a Ponte da Morte, a Kapellbrücke.

A Kapellbrücke é a ponte de madeira coberta mais antiga da Europa, e atravessá-la é como caminhar por um corredor do passado. A ponte, que serpenteia sobre o Rio Reuss com suas vigas de madeira robustas, oferece uma vista encantadora das águas correntes e das montanhas ao fundo, mas o que a torna realmente singular são as enigmáticas gravuras triangulares que adornam seu interior. Pintadas durante o século XVII, essas imagens retratam cenas da história de Lucerna, além de temas religiosos e, de forma marcante, representações bastante sombrias da Morte.

À medida que você caminha sob a cobertura da ponte, as figuras da Morte aparecem em várias formas, entrelaçadas com cenas da vida cotidiana e da devoção. A presença da Morte nessas imagens é perturbadora, mas de uma beleza sinistra, lembrando aos que passam que ela é uma companheira constante da vida, sempre observando à distância. As gravuras mostram a Morte com sua foice, dançando com nobres, sacerdotes e camponeses, uma lembrança do inevitável fim que aguarda a todos, independentemente de posição ou riqueza. Esses detalhes sombrios, inseridos em um cenário tão pitoresco, criam um contraste fascinante entre a tranquilidade externa de Lucerna e a consciência da transitoriedade da vida.

Cada painel de madeira pintada parece sussurrar uma advertência antiga, um lembrete dos tempos de peste e guerra que outrora assolaram a Europa, e de como a morte era uma presença constante e visível na vida medieval. A ponte, com suas águas correndo abaixo, oferece uma metáfora pungente: assim como o rio, a vida flui inevitavelmente em direção a seu fim, e o curso não pode ser mudado.

Mesmo envolta em beleza e tranquilidade, Lucerna tem essa veia mais obscura, simbolizada pelas gravuras da ponte. Essa dualidade é o que torna a cidade ainda mais fascinante: o equilíbrio entre a beleza natural dos Alpes, o lago sereno, e a presença inescapável da morte, retratada de forma tão vívida e inquietante. Lucerna, com suas torres medievais e montanhas majestosas, é uma cidade onde o passado e o presente, o belo e o sombrio, coexistem em perfeita harmonia.

Almocei em um dos belos restaurantes que ficavam em frente ao rio e à, daquela minha vista, tão majestosa ponte. Enquanto comia, me perguntava o que esperava encontrar ao cruzar a ponte.

Após terminar minha refeição, acompanhada de uma excelente cerveja sueca, caminhei melancólico em direção ao trem para Zurique.

Aproveitando para conhece melhor as pequenas e estreitas ruas do centro histórico de Zurique, encontrei uma galeria que se sobressaltava pela modernidade interna pela historicidade dos adornos externos do prédio em que estava, e decidi entrar.

A arte de Alphonse Mucha não é somente sinônimo de elegância, fluidez e uma exuberante celebração da beleza natural, ela se tornou um dos ícones do movimento Art Nouveau no final do século XIX e início do século XX. Seus trabalhos, com linhas ondulantes, cores suaves e ornamentação detalhada, capturam um ideal de feminilidade, também misturando o divino e o terreno em composições que parecem transcender o tempo.

Mucha criou um estilo único, marcado por elementos decorativos ricos e um lirismo visual que se manifesta principalmente em seus pôsteres, vitrais, ilustrações e pinturas. Suas imagens — de mulheres idealizadas e envoltas em halos de luz e ornamentos — evocam um sentido de misticismo e espiritualidade, enquanto ao mesmo tempo servem como símbolos de uma nova era industrial e artística.

Uma das características mais reconhecíveis de sua arte é, além da representação simplesmente feminina, mas estas muitas vezes com rostos serenos e expressões etéreas, rodeadas por elementos naturais como flores, estrelas, folhas e vinhas. Essas mulheres, que são o coração pulsante de suas obras, parecem figuras mitológicas ou musas, personificando conceitos abstratos como a natureza, a música e as estações do ano. Ao mesmo tempo, elas carregam uma sensualidade sutil e pura, longe de qualquer vulgaridade.

Mucha frequentemente posicionava essas figuras femininas em poses graciosas e envolvia seus corpos em drapeados que lembram vestes gregas antigas, reforçando o sentimento de intemporalidade. Esses detalhes decorativos, como coroas de flores e formas circulares que muitas vezes rodeiam suas cabeças como auréolas, remetem a uma tradição quase religiosa, como se fossem santas pagãs, ou deusas da modernidade. Cada linha e curva parece cuidadosamente pensada para expressar harmonia e beleza, e é essa harmonia visual que torna suas obras tão instantaneamente reconhecíveis e hipnotizantes.

O trabalho de Mucha é conhecido por suas linhas ondulantes e formas orgânicas que fluem suavemente pelas composições. Essas linhas serpenteiam pelas imagens como se fossem parte da própria natureza, evocando a sensação de movimento, mesmo nas figuras mais estáticas. Essa fluidez visual é central no estilo Art Nouveau, e Mucha foi um de seus mestres incontestáveis.

A natureza também desempenha um papel crucial em sua arte, mas sempre estilizada de maneira decorativa e simbólica. Folhas de videira, flores exuberantes, estrelas e formas circulares são integrados às suas composições de maneira quase abstrata, criando uma fusão perfeita entre a figura humana e o mundo natural. Essa integração sugere uma visão holística do universo, onde o ser humano e a natureza estão interligados de maneira intrínseca.

As cores nas obras de Mucha são suaves, quase etéreas, com uma paleta que frequentemente inclui tons pastéis de azul, rosa, dourado e verde. Ele conseguia, com essas cores, criar um ambiente delicado e ao mesmo tempo luxuoso, com um brilho que evocava o ouro e as pedras preciosas. As tonalidades que ele usava eram frequentemente envolventes e proporcionavam às suas figuras uma aparência luminosa, quase metafísica.

A ornamentação em sua arte é outro de seus traços mais marcantes. Cada parte de suas composições, dos cabelos das mulheres aos padrões ao fundo, é adornada com um nível de detalhe meticuloso, como se cada curva e linha tivesse sido pensada como uma joia em uma tapeçaria complexa. Essa atenção aos detalhes cria uma sensação de opulência, mas sem exageros — há um equilíbrio entre o ornamental e o minimalista que confere leveza às suas composições.

Mucha é talvez mais conhecido por seus cartazes de teatro e publicidade, especialmente os criados para a atriz Sarah Bernhardt, que o tornaram famoso no final do século XIX. Esses pôsteres não eram meramente utilitários; eles eram obras de arte em si mesmos, transformando a publicidade em uma forma de arte respeitável. A partir daí, ele trabalhou em uma vasta gama de projetos, desde capas de revistas até calendários e embalagens, sempre com seu estilo distinto.

Além de seu trabalho comercial, Mucha se dedicou a obras mais ambiciosas, como o Ciclo Eslavo, uma série monumental de 20 pinturas que narram a história e o mito do povo eslavo. Essas obras grandiosas são marcadas por um senso épico, misturando o simbolismo com uma narrativa histórica e espiritual.

Apesar de seu sucesso comercial, Mucha parecia acreditar que a arte deveria servir a um propósito mais elevado, conectando o ser humano ao espiritual e ao universal. Ele via suas criações como algo que deveria elevar a alma, afastando-se da pura materialidade do mundo moderno. Em muitos aspectos, suas obras são uma síntese entre o misticismo e o ornamental, como se cada flor, linha ou rosto de mulher contivesse um segredo oculto sobre o cosmos e o lugar do individuo dentro dele.

Alphonse Mucha, através de sua arte, conseguiu capturar a essência de uma era de transição entre o antigo e o moderno, celebrando a beleza e a natureza, mas sempre com uma leveza quase espiritual. Seu legado não é apenas visualmente encantador, mas profundamente simbólico, deixando uma marca indelével tanto no mundo da arte, quanto na cultura popular, quanto em mim naquele momento.

O contato com a arte estava tendo mais efeito em mim que pontes de morte e supostos alquimistas antigos. Mas eu tinha de continuar meu caminho, talvez houvesse mais arte por lá.

Capítulo 5
Michalská Brána
VI. Clavis.

Bratislava, a capital eslovaca, é uma cidade que parece ter um charme peculiar em cada curva de suas ruas estreitas e históricas, com uma atmosfera ao mesmo tempo erudita e profundamente enraizada em seu passado medieval. Situada às margens do rio Danúbio, Bratislava parece ser uma cidade que, à primeira vista, se revela de maneira modesta, mas à medida que você explora suas vielas sombreadas e seus monumentos antigos, ela se desdobra em camadas de história e misticismo. O Castelo de Bratislava, empoleirado no topo de uma colina, domina o horizonte com suas torres brancas que contrastam com o céu cinzento, como um guardião solene observando a cidade abaixo.

O centro histórico é compacto, quase como um labirinto de ruas pavimentadas com pedras antigas, ladeadas por edifícios barrocos e góticos que testemunharam séculos de invasões, coroações e revoluções. Ao caminhar por suas ruas, há um senso constante de passado, como se as pedras sob seus pés ainda carregassem o peso das legiões romanas que ali passaram, dos reis húngaros que foram coroados em suas igrejas, e dos fantasmas de uma Europa Central marcada por impérios que se ergueram e caíram.

A Catedral de São Martinho, onde muitos reis da Hungria foram coroados, ergue-se imponente, com sua torre alta que parece perfurar o céu. Durante séculos, essa catedral foi o coração espiritual da cidade, e ao entrar em suas portas, o ar parece mudar — torna-se mais denso, mais silencioso, como se você estivesse se afastando do mundo moderno e entrando em uma dimensão de fé e história. Os vitrais lançam luzes coloridas que dançam nas paredes de pedra fria, e o cheiro de incenso ainda persiste, evocando memórias de antigas cerimônias e segredos sussurrados.

Bratislava é uma cidade de contrastes. O moderno e o antigo se encontram em uma dança peculiar, onde arranha-céus de vidro e aço surgem ao lado de construções renascentistas, mas sempre com o peso do passado dominando o ambiente. A Porta de São Miguel, a única porta medieval remanescente da cidade, é uma entrada simbólica para outro tempo, e ao atravessá-la, é como se você estivesse cruzando um portal para uma Bratislava antiga, onde lendas e histórias se misturam à realidade.

O rio Danúbio, serpenteando preguiçosamente ao longo da cidade, oferece uma presença constante e silenciosa. Suas águas escuras refletem as luzes da cidade à noite, criando um cenário quase onírico, onde as sombras dos prédios históricos e modernos se mesclam na correnteza. Ao longo de suas margens, há um silêncio pesado, interrompido apenas pelo som distante de um barco que corta as águas ou pelo murmúrio das folhas das árvores, como se o rio guardasse as histórias não contadas de Bratislava.

À noite, a cidade ganha uma aura ainda mais misteriosa. As ruas estreitas ficam quase desertas, e os becos sombrios, iluminados apenas pela luz suave dos lampiões, assumem uma qualidade quase espectral. O Castelo de Bratislava, que de dia parece apenas uma atração turística, à noite se transforma em uma figura fantasmagórica, com suas torres mergulhadas na escuridão, e as luzes distantes da cidade projetam sombras nas colinas ao redor. É fácil imaginar que as pedras antigas do castelo ainda carregam ecos das conspirações e batalhas que ali ocorreram, como se o passado nunca tivesse realmente ido embora.

Bratislava também é uma cidade onde o folclore e o misticismo estão profundamente enraizados. Histórias de criaturas sobrenaturais, de reis antigos e de feiticeiros, ainda são sussurradas pelos habitantes mais velhos. Diz-se que certas ruas e praças são assombradas por espíritos inquietos, e os prédios históricos, com suas janelas estreitas e fachadas decrépitas, parecem abrigar sombras que permanecem intocadas por séculos. Há algo de sombrio e ao mesmo tempo fascinante na maneira como a cidade abraça sua história e seus mitos.

A Igreja Azul, com sua arquitetura quase sobrenaturais, se destaca entre os prédios austeros com sua cor suave e linhas curvas, como se tivesse surgido de outro mundo. Mas mesmo ela, com toda a sua aparência graciosa, parece guardar segredos de tempos passados, refletindo o próprio espírito de Bratislava: uma cidade que é ao mesmo tempo bela e misteriosa, com uma história que se desenrola em camadas, revelando novos detalhes a cada olhar mais atento.

Bratislava não revela seus segredos facilmente, mas aqueles que andam por suas ruas com olhos atentos e corações abertos sentirão o peso da história, a profundidade de sua cultura e os ecos de eras passadas que ainda ressoam em suas pedras antigas.

O Portão de São Miguel e sua Torre, Michalská Brána, é uma das estruturas mais emblemáticas e antigas da cidade, e carrega uma aura mística que remonta à Idade Média. É a única das portas fortificadas originais que ainda sobreviveu ao tempo, guardando os segredos de uma Bratislava medieval, repleta de lendas e mistérios ocultos. Com sua torre gótica que se eleva sobre a cidade, ela parece um guardião silencioso da história, conectando o presente ao passado profundo e esotérico.

Construída no século XIV, a torre de São Miguel já foi parte essencial das fortificações defensivas de Bratislava, erguida para proteger a cidade de invasões e controlar o acesso através das muralhas. Hoje, com seus cinquenta metros de altura, a torre oferece uma vista impressionante sobre os telhados do Casco Antigo e o rio Danúbio, uma visão que, para alguns, simboliza não apenas o domínio físico, mas também a conexão espiritual entre a terra e o céu.

Ao entrar pelo portão, há uma sensação de transição: de deixar para trás o mundo moderno e mergulhar em uma Bratislava medieval. A passagem sombria sob o arco do portão é estreita e impregnada de história. Sussurros de histórias antigas parecem flutuar no ar, como se os fantasmas dos tempos passados ainda caminhassem por ali.

O topo da Torre é coroado por uma escultura de São Miguel, o arcanjo que, na tradição cristã, lidera os exércitos celestiais contra as forças das trevas. A presença de São Miguel, frequentemente representado como o protetor contra o mal e defensor da luz, dá à torre uma aura simbólica de proteção espiritual. Diz-se que São Miguel foi escolhido não só para guardar a entrada física da cidade, mas também para vigiar as energias espirituais, repelindo influências malignas que poderiam adentrar Bratislava.

Dentro da torre, encontra-se hoje um pequeno museu que exibe a história das antigas fortificações da cidade. No entanto, há aqueles que acreditam que segredos mais profundos se escondem entre as paredes da estrutura. Há lendas de que a torre já foi usada por alquimistas e estudiosos ocultistas, que teriam realizado experimentos místicos nos níveis superiores da construção, buscando compreender os segredos da transmutação dos metais e da ascensão espiritual.

Outro aspecto místico da Torre está relacionado ao marco do quilômetro zero, situado diretamente sob o arco. Este ponto marca distâncias para várias capitais ao redor do mundo, mas, para os mais esotéricos, é considerado um centro energético, um ponto de convergência de linhas de energia que percorrem a terra. Alguns acreditam que a torre está posicionada estrategicamente sobre uma dessas "linhas de força", conectando Bratislava a uma rede oculta de locais espirituais e poderosos em toda a Europa.

Durante a noite, especialmente em noites de lua cheia ou névoa, a torre de São Miguel ganha uma atmosfera ainda mais mística e quase sobrenatural. A luz fraca que emana da torre parece ser absorvida pelas sombras ao redor, e as ruas antigas que a cercam ficam envoltas em um silêncio profundo, como se aguardassem algum evento mágico ou espectral. Moradores locais sussurram sobre fantasmas de cavaleiros medievais que supostamente guardam o portão, aparecendo de tempos em tempos para proteger a cidade contra forças invisíveis.

A Torre de São Miguel, com suas histórias de defesa, alquimia e proteção espiritual, é um ponto de fascínio para aqueles que buscam o misticismo oculto de Bratislava. Mais do que apenas uma porta histórica, ela é um símbolo da cidade antiga — um guardião de mistérios, de energias secretas e das lendas que continuam a enredar esta cidade fascinante.

Mas, nada além disso. Eu tinha chegado até lá realmente sem expectativas de encontrar um pergaminho escondido dentro da Torre que tivesse os meios de produzir a Pedra Filosofal.

Decidir caminhar por este pequeno e charmoso centro de Bratislava, até perceber uma movimentação estranha, e encontrar um bar que é literalmente secreto, em uma entrada secreta.

Esse bar parecia saído diretamente das páginas de um romance de mistério, com uma atmosfera envolvente e sedutora. Escondido em uma das ruas estreitas do centro histórico, atrás de uma fachada comum e quase imperceptível, esse lugar é um verdadeiro santuário do proibido e do enigmático, onde a experiência de entrar é tão excitante quanto a de beber um dos coquetéis artísticos e inovadores que o local oferece.

Não há placas chamativas ou grandes anúncios; encontrar o bar já foi, por si só, parte da aventura. Para acessar ao bar, você precisa atravessar uma porta disfarçada ou, em alguns casos, seguir pistas sutis que podem ser descobertas por quem conhece as ruas antigas de Bratislava. Esse mistério ao redor do lugar faz com que a expectativa cresça a cada passo, e ao adentrar o espaço, você se depara com um ambiente intimista, decorado com um ar vintage e luxuoso que remete à época dos bares clandestinos da Era da Proibição.

O interior é uma verdadeira joia escondida: paredes escuras, iluminação baixa e suave, e móveis de couro que convidam ao relaxamento.

Velas iluminam discretamente o ambiente, criando sombras que parecem esconder segredos antigos. Há algo de quase místico no ar — como se o local estivesse impregnado com histórias de encontros furtivos e conversas secretas. Os bartenders, vestidos de maneira elegante, são verdadeiros alquimistas modernos, que criam coquetéis que mais parecem poções mágicas.

O cardápio era um universo à parte. Nele, você não encontrará apenas bebidas; cada coquetel é cuidadosamente preparado com uma combinação única de ingredientes raros e exóticos, frequentemente inspirados em tradições e sabores esotéricos.

Há misturas de ervas misteriosas, licores envelhecidos e destilados artesanais, muitos dos quais carregam nomes enigmáticos e referências à história ou à mitologia eslovaca e europeia. A apresentação das bebidas também é uma experiência sensorial: copos de cristal, fumaça envolvente, gelo esculpido à mão — cada detalhe é pensado para transportar você à outra dimensão.

Este não era apenas um bar, mas um lugar de encontros sigilosos e trocas de olhares cúmplices, onde conversas ao pé do ouvido são conduzidas com o pano de fundo de música suave, que completa a aura de exclusividade. Muitos dizem que é um lugar perfeito para aqueles que buscam não só uma noite diferente, mas também para quem deseja explorar o lado mais misterioso e secreto de Bratislava.

Seja para quem ama o misticismo do passado ou para quem deseja apenas se perder em uma noite mágica com coquetéis mágicos, esta era uma experiência inesquecível, repleta de charme oculto e uma sensação de descoberta, como se tivesse encontrado um segredo que poucos ousaram desvendar.

E, sentado ali, experienciando esse ambiente, experimentando minha bebida e ouvindo a música, senti o peso suave do que seria *existir de verdade*. Sem a pressa que antes me aprisionava, ou sem as expectativas alheias, e as minhas próprias, moldando cada passo. Agora, o tempo parece mais maleável, quase como se eu pudesse tocá-lo e moldá-lo à minha *própria vontade*. Cada momento é um pouco mais denso, com mais significado, como se cada experiência estivesse destinada a ser saboreada, e não simplesmente vivida por obrigação.

O primeiro gole naquele drink, frio e aromático, tem o gosto de uma revelação. Não foi apenas uma bebida, mas um ritual silencioso de conexão comigo mesmo. A brisa vinda da janela que carrega o perfume das árvores me parece um sussurro antigo, como se o mundo estivesse tentando contar segredos que só agora eu estou pronto para ouvir.

As coisas que gosto, que antes eram indulgências furtivas, agora são celebrações de uma vida que finalmente faço questão de viver. Ler um livro até tarde da noite, sem me preocupar com o amanhecer. Caminhar sem rumo, apreciando o modo como a luz do Sol se espalha pelas ruas, tornando-as mais belas de uma maneira que eu não enxergava antes. É curioso como o que antes era mundano agora carrega uma aura de mistério, mas sem precisar ser explicado. A beleza estava sempre ali, aguardando que eu a percebesse, mas minha alma não estava desperta.

Sempre estive cercado por detalhes que antes me escapavam. A textura da madeira antiga chão e o seu ranger aos passos, o eco da música tocando no bar, as conversas sussurradas de estranhos que passam por mim como se fossem sombras. Não são apenas eventos, mas fragmentos de algo maior, um mosaico que só agora começo a entender. Viver, então, é isso? Reconhecer que a vida não é o grande evento que esperávamos, mas sim uma série de momentos intricadamente entrelaçados, tão pequenos quanto essenciais.

Há uma certa liberdade em finalmente permitir-se apreciar. Saber que o simples ato de estar presente, de respirar fundo e observar o mundo ao seu redor, é o bastante.

E isso, percebi naquele momento, é a verdadeira riqueza da vida. Não é sobre conquistas ou metas inalcançáveis, mas sobre permitir-se mergulhar nas pequenas coisas que fazem o coração pulsar com curiosidade e satisfação.

Pela primeira vez, senti que estava onde deveria estar: a vida podia ser boa.

Capítulo 6
La Tarta de Queso
VII. Clavis.

Meu voo de volta para Lisboa fora cancelado. De forma definitiva. Minhas alternativas eram ir para Madrid em uma escala de um dia por lá, ou de dois dias em Bilbao.

Bilbao, no coração do País Basco, é uma cidade que se reinventa constantemente, onde o passado industrial se encontra com a inovação cultural em uma mistura vibrante de tradição e modernidade. Aninhada no vale do rio Nervión, rodeada por montanhas verdes e próximas ao Atlântico, Bilbao exala uma energia única, marcada pela convivência harmoniosa entre arquitetura futurista e bairros históricos repletos de charme.

O símbolo mais icônico dessa transformação é o Museu Guggenheim, uma estrutura magnífica de titânio, vidro e pedra, desenhada por Frank Gehry, que parece fluir como uma escultura viva à beira do rio.

Este museu não apenas colocou Bilbao no mapa global da arte contemporânea, mas também é um marco da recuperação urbana da cidade, que passou de um centro industrial decadente para uma metrópole culturalmente pulsante. As curvas e ângulos do Guggenheim refletem a audácia da cidade em reinventar-se, com suas superfícies metálicas brilhando ao sol e criando um jogo fascinante de luz e sombra. Além disso, os bascos possuem um dos idiomas mais encantadores e misteriosos de toda a história.

Conhecer essa cultura e particularidade linguística por si só já valeria pelos passeios no país.

No entanto, o coração de Bilbao permanece enraizado no Casco Viejo, o bairro antigo, com suas sete ruas estreitas, conhecidas como "Las Siete Calles", que datam da Idade Média. Este labirinto de vielas de pedra é repleto de cafés aconchegantes, bares de pintxos e lojas tradicionais, onde o passado basco ainda vive nas fachadas coloridas e nas igrejas góticas como a Catedral de Santiago. Ao passear por essas ruas, é fácil perder-se no tempo, admirando a arquitetura secular e respirando o espírito autêntico e acolhedor da cidade.

Durante a Idade Média, Bilbao, assim como outras cidades na rota do comércio marítimo, atraiu viajantes de todo o Mediterrâneo, e com eles vieram não apenas riquezas, mas também ideias e práticas esotéricas. A cidade, com sua localização estratégica, tornou-se um ponto de encontro para alquimistas e estudiosos do oculto que buscavam desvendar os segredos da transmutação dos metais e a criação da Pedra Filosofal.

Há registros de que nobres e mercadores de Bilbao patrocinavam alquimistas, que trabalhavam em laboratórios escondidos nas profundezas das casas senhoriais da cidade. Algumas dessas casas, no Casco Viejo (o centro histórico), têm símbolos esotéricos discretamente incorporados em suas fachadas, como gravuras de serpentes, triângulos e formas geométricas que remetem à simbologia hermética. Muitos acreditam que esses símbolos foram colocados ali por maçons ou alquimistas, e que há significados ocultos na própria organização das ruas antigas, que seguem padrões geométricos conectados à geometria sagrada.

As pontes que cruzam o rio Nervión são testemunhas da evolução de Bilbao, conectando não apenas as margens da cidade, mas também simbolizando a união entre o antigo e o novo. A Puente Zubizuri, uma criação futurista de Santiago Calatrava, com sua forma curvilínea e estrutura de vidro, é uma das mais impressionantes, contrastando com as pontes históricas que lembram o passado industrial da cidade. Cada uma delas parece contar uma história, marcando o fluxo contínuo de mudança e adaptação que define Bilbao.

A cidade também é um paraíso para os amantes da gastronomia, com seus bares de pintxos espalhados por todos os cantos, servindo pequenas obras-primas culinárias que transformam ingredientes simples em algo extraordinário. O Mercado de La Ribera, uma das maiores feiras cobertas da Europa, é o lugar perfeito para experimentar os sabores autênticos da região, com seus estandes vibrantes repletos de frutos do mar frescos, embutidos bascos e queijos locais. A culinária de Bilbao, assim como a cidade, é uma fusão de tradições locais com toques modernos e inovadores.

Bilbao também é uma cidade que se move ao ritmo da cultura basca. A língua e a identidade basca estão sempre presentes, desde os sinais bilíngues até as festividades locais. A Aste Nagusia, uma das festas mais importantes, transforma a cidade com música, dança, e eventos tradicionais que revelam o orgulho e a paixão do povo basco. Ao mesmo tempo, Bilbao é cosmopolita, aberta ao mundo, com uma cena artística e cultural vibrante que atrai pessoas de todos os cantos.

Rodeada por colinas e montanhas, Bilbao também oferece fácil acesso à natureza. Não é raro ver moradores locais caminhando pelos trilhos verdejantes que circundam a cidade, ou descendo até as praias do Golfo de Biscaia para surfar e relaxar ao som das ondas do Atlântico.

Bilbao é uma cidade em constante movimento, que respeita seu passado, mas olha para o futuro com ousadia e criatividade. Uma metrópole que soube se reinventar sem perder sua alma, onde cada esquina revela um novo encontro entre tradição e modernidade, entre o urbano e o natural. É essa dualidade — o orgulho de suas raízes e o desejo incessante de se projetar para o futuro — que faz de Bilbao um lugar verdadeiramente fascinante.

Mas, mais fascinante do que os mistérios e belezas únicos dessa cidade, ou dos indeléveis prazeres que os mais variados e bons vinhos da região e os artesanais pintxos poderiam trazer, havia uma coisa que havia feito eu verdadeiramente me apaixonar.

Enquanto eu estava em um desses restaurantes, reparei que sempre saída, quase que em forma de linha de produção aos clientes, pedaços de uma torta que me parecia bastante peculiar.

A tarta de queso basca, também conhecida como tarte de queijo queimada, é uma das sobremesas mais icônicas e encantadoras do País Basco, famosa por seu exterior caramelizado e sabor surpreendentemente cremoso. Simples à primeira vista, essa tarte esconde uma riqueza de texturas e sabores que se revelam a cada mordida, combinando a rusticidade da culinária basca com uma sofisticação quase mágica.

Ao olhar para a tarte de queijo, a primeira coisa que chama a atenção é sua crosta escura e queimada, resultado da alta temperatura do forno, que cria uma camada caramelizada e dourada, com um toque levemente amargo que contrasta perfeitamente com a doçura e cremosidade do interior.

Essa aparência quase acidentalmente imperfeita, com bordas irregulares e rachaduras que surgem naturalmente durante o cozimento, só aumenta seu apelo visual, evocando algo rústico e autêntico, como se tivesse saído diretamente de uma cozinha basca tradicional.

Mas é no interior que a magia realmente acontece. Ao cortar a primeira fatia, o queijo derrete lentamente, revelando uma textura sedosa, quase líquida no centro. A tarte parece fundir-se com o prato, e a primeira garfada traz um sabor profundo e envolvente: uma mistura rica de queijo cremoso, com uma leve acidez e um toque de baunilha.

O contraste entre o exterior queimado e o recheio suave cria uma experiência sensorial única, com o crocante da camada externa abrindo caminho para a doçura e a leveza do interior.

O segredo por trás dessa tarte está nos ingredientes simples — queijo cremoso, ovos, açúcar e creme —, que juntos se transformam em algo sublime através do calor intenso do forno. Tradicionalmente assada sem base de massa, a tarta é um exemplo perfeito de como a culinária basca valoriza a pureza dos sabores e a simplicidade dos processos. A alta temperatura não só carameliza a parte superior, como também cozinha a tarte de maneira desigual, criando as diferentes texturas que são a marca registrada dessa especiaria.

Servida morna ou fria, a tarte de queijo basca não precisa de acompanhamentos complicados. Sua beleza está na sua simplicidade. No entanto, em algumas variações, pode ser acompanhada por frutas vermelhas ou uma leve calda de frutas, que complementam o sabor delicado do queijo sem ofuscar sua essência.

A primeira mordida revela o contraste perfeito: o amargo doce da camada superior e a suavidade cremosa do centro. É uma sobremesa que parece envolta em um manto de mistério culinário, que impressiona pela profundidade de seus sabores, apesar de sua aparência despretensiosa.

Por dois dias me entreguei à todos esses prazeres e pecados de Bilbao. Saboreei aquela culinária magnífica e seus vinhos especiais.

Se houve qualquer busca metafísica alguma vez no decorrer da minha existência, eu já não me lembrava mais.

Isso foi bem até eu ter bebido um pouco mais que meia garrafa de um boníssimo licor de pistache.

A primeira sensação de intoxicação é quase imperceptível — um calor sutil que se espalha pelo corpo, como se o sangue fosse levemente aquecido por dentro, deslizando nas veias com um ritmo anormal. O mundo ao redor parece vibrar de maneira estranha, como se o ar ficasse mais espesso, abafado, e cada som fosse envolvido em uma camada de eco distante. Os dedos, antes ágeis, agora pesam, como se tivessem sido revestidos de chumbo, enquanto a pele começa a formigar com um arrepio involuntário, um sinal de alerta silencioso que o corpo envia, tarde demais.

Os pensamentos, antes claros, tornam-se densos, envoltos em uma névoa que se adensa a cada respiração. A língua se move pesada na boca, e as palavras se emaranham antes de sequer alcançarem os lábios. Há um sabor metálico, quase doce e amargo ao mesmo tempo, que começa a tomar conta da boca, espalhando-se como veneno. As pálpebras parecem cada vez mais pesadas, e mesmo o ato simples de manter os olhos abertos se torna uma luta silenciosa contra a escuridão que se aproxima.

Então, o calor se transforma em uma sensação de sufocamento, como se o ar ao redor estivesse sendo lentamente roubado, gota a gota. A respiração, que era automática, agora parece um esforço consciente — um comando distante que o corpo ignora. O peito pesa, e o coração, antes forte e ritmado, começa a pulsar de forma errática, batendo rápido demais, depois desacelerando, como um tambor falhando. Um suor frio escorre pela testa, as mãos tremem, e há um momento em que o corpo parece flutuar entre dois mundos, oscilando entre a lucidez e o abismo da inconsciência.

As cores ao redor começam a distorcer, fragmentando-se em tons que não fazem sentido, como se o espaço estivesse se desintegrando aos poucos. As paredes parecem se curvar para dentro, e os rostos — se é que há rostos por perto — tornam-se borrões longínquos, formas sem definição. O som ao redor começa a se apagar, tornando-se um ruído surdo, distante, até que tudo se transforma em silêncio. Um silêncio profundo que ressoa no vazio da mente.

A vertigem toma conta. O chão parece ceder sob os pés, mas não há queda — apenas um vácuo, uma sensação de flutuar em um espaço sem tempo. O corpo, agora insensível, já não responde aos comandos. O coração desacelera mais uma vez, pulsando num ritmo irregular, cada batida ecoando na cabeça como um tambor lento. A visão começa a apagar em círculos, escurecendo nas bordas, até que restam apenas sombras, e, por fim, nem isso.

No momento final antes de sucumbir, há uma estranha calma — como se a mente se rendesse. O medo se dissipa, e o que resta é apenas a escuridão, um nada profundo e absoluto, onde o corpo não sente, e o pensamento cessa. A última fagulha de consciência é um sussurro, apagado, afogado em um véu de silêncio. A queda é lenta, mas inexorável, até que a escuridão se torna tudo, e o mundo se dissolve em um esquecimento sem retorno.

A minha última experiência transcendental foi a Tarta de Queso. "Valeu a pena?" – Pensei – "Provavelmente sim" - Respondi em voz alta.

Acredito que estava delirando, pois, enquanto desfalecia, a todo o momento, lembrava das gravuras da morte na ponte em Lucerna. "Seria agora que cruzo a Ponte da Morte!?"

Desde criança sabia que tinha algum tipo de alergia às nozes e castanhas.

O típico mal-estar estomacal após comer, breve dificuldade para respirar, sensação de náusea e enjoo, fizeram com que eu ficasse distante dessas especiarias típicas das épocas natalícias desde tenra idade.

Mas isso nunca tinha acontecido com os pistaches. Talvez eu ainda não tivesse comido a quantidade necessária para causar alguma reação, ou bebido a quantidade certa de algum licor feito disso até ter de ser internado por autoenvenenamento.

Lembro de uma das primeiras vezes em vida que tive a sensação típica de alergia. Era uma das noites que precedem o Natal.

Na casa havia uma árvore de Natal repleta com aquelas luzes que brilham e que encantam qualquer criança. Fiquei fascinado. Olhava atentamente as cores vibrantes, e tentava como daquele pequeno fio conectado em um buraco na parece conseguia passar todas aquelas cores tão vibrantes e intensas.

Eu queria aquelas cores para mim também. Portanto, tirei o conector um pouquinho da tomada e coloquei o meu dedo ali. Também não foi nada agradável.

Acordei no começo do entardecer do dia seguinte. Uma enfermeira muito simpática me disse o que houve, em qual hospital estava, me explicou a quantidade de remédios que tomei e procedimento profundamente desagradável que tive de passar.

Sentia que tinha mesmo voltado dos mortos. Aliás, eu me sentia ainda mais morto do que vivo, mas sabia que estava vivo pela quantidade e intensidade de sensações ruins que sentia no meu corpo, na minha cabeça e talvez até no meu espírito.

E tudo o que eu queria era voltar para casa.

Capítulo 7
O Enforcado
VIII. Clavis.

De volta à Lisboa, me sentia ainda mesmo muito mal, tinha dores indizíveis em lugares do corpo que sequer lembrava de ter. A sensação constante de enjoo e a possibilidade de vômito estavam mais presentes comigo do que a figura da Morte nas gravuras da Ponte com os seus doentes da Peste. Se havia um purgatório, aquele era o meu.

Mesmo após semanas do ocorrido, eu ainda estava nauseado constantemente, e naquele dia, demais para continuar em casa; e mesmo com certa dificuldade para andar tendo que me sentar a todo tempo, decidi ir à Praça do Comércio e de lá caminhar até o Rossio.

A Igreja de São Domingos, também conhecida como Igreja do Rossio, exala uma aura sombria e misteriosa que a distingue de qualquer outro templo na cidade. Ao cruzar suas portas, você sente imediatamente que este não é um lugar de beleza imaculada, mas de cicatrizes profundas, tanto físicas quanto espirituais. A primeira impressão é de que a igreja, outrora majestosa, foi testemunha silenciosa de um cataclismo que marcou para sempre sua existência.

As marcas do incêndio de 1959 ainda dominam o interior, criando um cenário de desolação congelada no tempo. As colunas grossas, escuras e chamuscadas, que sustentam o teto abobadado, parecem como ossos carbonizados de uma estrutura viva que resistiu à devastação. Elas não são lisas e perfeitas como em outras igrejas barrocas — estão deformadas, com rachaduras que serpenteiam suas superfícies, como se o calor tivesse tentado dobrá-las. Suas tonalidades avermelhadas e negras evocam algo primitivo, como se fossem forjadas nas profundezas da terra, trazendo à mente uma imagem de fogo e destruição.

Além de sua história de destruição pelo fogo, a Igreja de São Domingos foi palco de outros episódios sombrios da história de Lisboa, incluindo os terríveis massacres de judeus em 1506, onde milhares foram mortos nas ruas ao redor da igreja. Essa carga histórica se reflete na atmosfera pesada e contemplativa do local, um espaço onde a fé e o luto coexistem, criando uma energia que parece transcender o presente.

O teto é baixo, pesado, como uma presença opressiva que parece descer sobre os visitantes, enquanto os restos das abóbadas são marcados pelo tempo e pelo incêndio, com partes da pedra estilhaçada e enfraquecida pelo calor. Há uma sensação de peso no ar, quase como se o lugar estivesse imbuído de uma força invisível que prende os olhares e mantém os visitantes em um estado de reverência silenciosa. O silêncio aqui é diferente, não é apenas a ausência de som, mas uma quietude pesada, como se cada parede e coluna ainda ecoasse os gritos abafados do fogo que as consumiu.

As paredes, outrora revestidas com decorações barrocas vibrantes, agora ostentam cicatrizes profundas. O tom negro das superfícies queimadas confere um aspecto quase lúgubre, onde a luz do sol que atravessa os vitrais parece tímida, filtrando-se como um espectro, criando sombras distorcidas que dançam ao longo das paredes. Essa luz fraca intensifica a atmosfera de mistério, fazendo com que os detalhes da igreja apareçam e desapareçam na penumbra, como se o passado ainda tentasse emergir da escuridão.

O chão de pedra fria parece estar impregnado de histórias ocultas. Cada passo ecoa pela nave central, reverberando por entre as paredes como sussurros de tempos antigos. A sensação de caminhar por ali é fantasmagórica — uma estranha mistura de presença e ausência. O visitante é constantemente lembrado das tragédias que marcaram este lugar, seja pelo fogo destruidor ou pelos eventos sangrentos da história, como os massacres de judeus em 1506, cujos ecos parecem ainda ressoar nas pedras desgastadas.

No altar, em meio à destruição, há um contraste surpreendente: estátuas douradas e reluzentes, quase intocadas, olham solenemente para o espaço devastado, oferecendo uma visão de esperança ou talvez de resignação. O ouro brilha com uma luz que parece deslocada, como se não pertencesse mais àquele cenário sombrio, mas insistisse em permanecer como um último resquício de luz divina em um local onde as sombras dominam.

As capelas laterais, pequenas e discretas, parecem nichos de devoção secreta. Algumas imagens de santos, encardidas pelo tempo e pela fumaça, olham com olhos vazios, testemunhando orações silenciosas que ecoam no ambiente. Velas tremulam com uma luz fraca, quase insignificante diante da vastidão escura ao redor. O cheiro de cera derretida e a umidade fria do espaço somam-se à atmosfera de melancolia e introspecção.

Os visitantes, muitas vezes, ficam tomados por uma sensação de desconforto sutil, como se o espaço exigisse um respeito diferente — mais profundo, quase sombrio. Aqui, não é a glória divina que resplandece, mas sim a resistência diante da destruição. A Igreja de São Domingos é, de certa forma, um lugar de penitência eterna, onde a beleza do passado foi consumida e substituída por uma crua lembrança da mortalidade e da força inexorável do tempo.

Este não é um espaço de redenção fácil ou de conforto imediato. É um local de reflexão sobre a fragilidade da vida, onde a fé e a dor coexistem, onde o sagrado e o profano se entrelaçam nas sombras escuras e nas cicatrizes de pedra que parecem nunca cicatrizar.

A tragédia conhecida como o Massacre de Lisboa de 1506, também chamado de Massacre de São Domingos, é um dos eventos mais sombrios da história de Portugal. Ele ocorreu durante três dias no mês de abril de 1506 e foi marcado pelo massacre de milhares de judeus convertidos ao cristianismo — os chamados cristãos-novos — nas imediações e dentro da própria Igreja de São Domingos, perto do Rossio, em Lisboa. O evento foi impulsionado por fanatismo religioso, intolerância e as tensões sociais e econômicas da época.

No final do século XV, Portugal, como muitos outros países europeus, vivia um período de grande intolerância religiosa. Em 1497, o rei D. Manuel I promulgou um decreto que ordenava a conversão forçada dos judeus ao cristianismo, proibindo a prática do judaísmo no reino. Aqueles que recusaram a conversão tiveram de fugir ou enfrentar a morte. Os judeus que se converteram ao cristianismo passaram a ser chamados de cristãos-novos, mas muitos mantinham em segredo suas práticas religiosas judaicas. Embora fossem oficialmente cristãos, esses cristãos-novos eram frequentemente suspeitos de praticar o judaísmo às escondidas e, por isso, eram constantemente alvo de discriminação e perseguição por parte da população cristã "velha".

Em 1506, Lisboa enfrentava uma grande crise social e econômica, agravada por uma seca severa e por uma epidemia de peste. Havia um clima de desespero e medo, e a crença em castigos divinos se intensificava. As tensões religiosas e a insatisfação popular com a presença dos cristãos-novos, vistos como "hereges" e culpados de muitos males, estavam no auge.

O massacre foi desencadeado por um incidente aparentemente insignificante dentro da Igreja de São Domingos. Durante uma missa no dia 19 de abril de 1506, uma procissão de fiéis se reunia para rezar pela chuva, pedindo um milagre que pusesse fim à seca. Em dado momento, um raio de luz entrou na igreja e iluminou o crucifixo, que muitos dos presentes interpretaram como um sinal divino. No entanto, um cristão-novo que estava na igreja expressou dúvidas sobre o milagre, sugerindo que a luz era apenas um efeito natural do sol.

Esse comentário inflamou a multidão. Revoltados, os presentes começaram a espancar o homem, acusando-o de blasfêmia. A violência rapidamente escalou, com o apoio de dois frades dominicanos que incitaram a multidão a perseguir todos os cristãos-novos da cidade, culpando-os pelas desgraças que afligiam Lisboa. Eles prometeram indulgências a quem ajudasse a matar os "hereges". A partir desse momento, a violência se espalhou pelas ruas de Lisboa, e o massacre tomou proporções brutais.

Durante três dias, uma multidão enfurecida percorreu as ruas de Lisboa, atacando, torturando e matando cristãos-novos. Muitos foram arrastados para fora de suas casas, espancados até a morte, queimados vivos ou linchados em plena rua. A Praça do Rossio tornou-se um dos principais locais de carnificina, onde pilhas de corpos eram queimadas em fogueiras, e a Igreja de São Domingos serviu como palco de atrocidades. Testemunhas da época relataram cenas de brutalidade extrema, com homens, mulheres e crianças sendo mortos sem piedade.

Estima-se que cerca de 2.000 a 4.000 pessoas tenham sido assassinadas nesses três dias de violência. A fúria cega da multidão e a cumplicidade de parte do clero e da população agravaram a intensidade da barbárie. As casas dos cristãos-novos foram saqueadas, seus bens foram roubados, e muitos que tentaram fugir foram caçados como animais.

Hoje, um memorial simples na fachada da Igreja lembra o massacre de 1506. O memorial consiste em uma pequena placa com a inscrição: "Em memória das vítimas da intolerância e do fanatismo religioso. Lisboa, abril de

1506." O interior da igreja, com suas cicatrizes de fogo e destruição, parece expressar de forma sombria o sofrimento de tantas vidas perdidas e a tragédia de um ódio cego que marcou a história da cidade.

E era nesse ambiente em que me encontrava. Sentado naquela igreja antiga e sombria, sem esperança, com minhas reservas econômicas ruindo e a melancolia imperando em meu ser.

Eu não tinha mais dicas veladas e caminhos ocultos para seguir, mas havia constatado uma coisa bastante importante: eu não tinha mais um lugar para onde voltar.

Capítulo 8
A Lua
IX. Clavis.

Muitos dias depois… acordei em sonho. A consciência era turva, como se estivesse submerso em águas escuras e espessas, mas, ao mesmo tempo, tudo ao meu redor brilhava com uma luz difusa e opressiva. Uma cidade com sete colinas estendia-se à minha frente, imensa, majestosa e estranhamente decadente. Era uma visão antiga, uma cidade que parecia existir fora do tempo, mas que, de alguma forma, sempre estivera comigo. Senti uma familiaridade opressiva com aquelas ruas e construções, como se tivesse andado por elas em incontáveis vidas, sem nunca, de facto, chegar a lugar algum.

O céu acima era como uma tela rasgada, por onde se infiltrava uma luz fria, fragmentada em sombras profundas que não correspondiam às formas físicas. O sol? Não, havia algo diferente. Um brilho quase cinza. Ele apenas revelava. O vento assobiava como lamentos, como se as colinas contassem histórias esquecidas, sepultadas sob as camadas da Terra, esperando por uma voz que as recordasse.

Caminhei. Ou flutuei. O chão parecia distante, como se eu me movesse sem esforço, sem corpo. As ruas tortuosas serpenteavam ao redor das colinas, passando por arcos e ruínas de civilizações que eu não conseguia nomear. Vi estátuas de deuses antigos, com olhos vazios e faces gastas pelo tempo. A simbologia era inegável, mas tudo fugia à compreensão. Reconhecia alguns dos sinais — fragmentos de memórias ocultas, talvez de velhos textos sagrados —

mas nada era claro. Havia vestígios de uma verdade oculta, enterrada sob a superfície.

Passei por uma praça vasta, com colunas quebradas e árvores retorcidas, e no centro, vi um lago negro, cuja água parecia absorver a luz ao invés de refletir. Fui atraído para lá, como se um ímã invisível me conduzisse ao centro daquele vazio.

Enquanto me aproximava, percebi que havia figuras à beira da água. Eles estavam parados, imóveis, mas suas formas eram vagamente reconhecíveis — humanos, mas não exatamente humanos. Traziam consigo um senso de propósito que eu não conseguia desvendar. Seus rostos eram indistintos, mas os olhos... ah, os olhos eram vastos, como se contivessem o próprio cosmos, girando lentamente em espirais infinitas.

Um deles murmurou. A voz não tinha uma origem clara, ecoava em algum ponto da minha mente, como um pensamento alheio infiltrando-se no meu próprio.

"Um vivo entre os mortos."

Tentei falar, mas minha boca não se mexia. As palavras estavam presas em mim, como se eu não tivesse permissão para quebrar o silêncio sombrio daquele lugar.

"Há dois rios", a figura continuou, "apenas um deles possui os ecos daquilo que você já sabe, mas esqueceu."

Olhei para o lago, tentando encontrar algum sentido naquelas águas escuras. Ao me aproximar, vi que sua superfície não era água comum. Refletia algo mais profundo, um abismo onde as colinas pareciam distorcer e se contorcer. Havia visões no reflexo. Vi uma batalha, semelhante às imagens do Apocalipse — cavalos negros cavalgando em nuvens de fogo, multidões fugindo, e uma torre ao longe, caindo. Mas também vi algo mais calmo, uma planície vasta e interminável, com campos dourados e um rio que se estendia até o horizonte.

"O que é isso?" consegui finalmente perguntar, embora sem voz alguma. Minha mente projetava a pergunta, e as figuras pareciam responder de maneira automática, como se estivessem esperando.

"Isso é o fim. E o começo."

A frase reverberou dentro de mim, como um som oco que não conseguia se dissipar. O Gita falava de ciclos, de samsara, o contínuo nascer e morrer, mas ali, a ideia era palpável. Vi rostos nas águas, os meus rostos. Fui um rei, um mendigo, um soldado. Vi a destruição de cidades que não reconhecia, e a paz de lugares que nunca conhecera.

Uma das figuras se moveu, lentamente, como se desafiasse o próprio tempo. A mão esquelética se ergueu e apontou para algo à distância. Nas colinas mais distantes, vi uma construção. Parecia uma catedral, mas ao mesmo tempo, uma fortaleza. A Babilônia? Não, era algo mais pessoal, algo construído de camadas da minha mente.

Caminhei, ou fui levado. O tempo parecia distorcer ao redor de mim, as colinas se aproximando e se afastando de uma maneira que desafiava qualquer noção de espaço. À medida que me aproximava daquela construção, vi portas imensas, abertas, mas além delas, havia apenas escuridão. O Apocalipse, como no texto, falava de bestas e anjos, de revelações que destruiriam o mundo tal como o conhecemos. Mas a escuridão à minha frente parecia menos literal, mais uma metáfora viva. Eu estava diante do desconhecido. O fim da ilusão. Talvez, o fim de mim.

Entrei.

Dentro da catedral, o espaço era imenso, mas sem paredes, sem teto. Apenas pilares que se perdiam na escuridão acima. E ali, no centro, vi uma figura sentada em um trono. Um rei? Um deus? Sua pele era dourada, mas seus olhos eram negros como o vazio. Ele me olhou como se estivesse esperando há milênios por aquele momento. Eu senti um peso enorme, como se estivesse diante de algo que transcende o humano, algo que poderia destruir com um simples pensamento.

Ele falou, mas não com palavras. Era um conhecimento que jorrou diretamente na minha mente, como se ele estivesse transmitindo algo antigo, uma verdade que eu sempre carreguei, mas nunca compreendi.

"A cidade está caindo."

"Qual cidade?" pensei, mas já sabia a resposta. Era todas as cidades. Era a minha cidade interior, as colinas que compunham minha própria psique, cada uma representando um pedaço da minha vida, das minhas escolhas e perdas.

Senti uma pressão crescente, uma tensão que ameaçava explodir. Era como se meu próprio ser estivesse prestes a ser desintegrado, dividido em fragmentos minúsculos.

Ele se levantou e começou a caminhar em minha direção, cada passo ecoando pelo vazio. Quando finalmente estava perto o suficiente, estendeu a mão. E nela, eu vi uma chama. Pequena, mas intensa. Uma chama que parecia conter o poder de mil sóis.

Quando toquei a chama, tudo desapareceu. A cidade, as colinas, as figuras. Fiquei apenas eu, suspenso no vazio, e a chama, que agora ardia. Ela não queimava. Apenas iluminava o que antes estava escuro.

Um palácio resplandecia ao longe, cercado por jardins que pareciam ter sido cultivados por deuses, onde flores exóticas floresciam em tons vibrantes, suas pétalas brilhando com a luz de estrelas.

Mas, à medida que me aproximei do palácio, o tom de beleza se tornava sombrio. As flores murchavam ao toque da névoa, e o som de músicas se transformava em um lamento, como se a terra estivesse chorando pelas perdas e traições que haviam ocorrido em seu seio.

Ao entrar no palácio, vi paredes adornadas com tapeçarias que contavam histórias de amores proibidos, batalhas sangrentas e destinos entrelaçados. No centro, uma sala circular exibia um vasto mapa astral, onde constelações brilhavam com uma intensidade que eu nunca havia visto. Os signos se moviam lentamente, como se narrassem uma história de destinos cruzados, de vidas passadas, e vidas futuras.

Enquanto examinava o mapa, uma sombra se projetou sobre ele, fazendo com que as constelações se tornassem distorcidas e grotescas. Era uma entidade que se erguia, uma representação do transcendental — não a destruição, mas a transformação. A entidade disse algo que não pude compreender, ou não consigo me lembrar, mas senti sua voz reverberando como um trovão distante.

Quando olhei para trás o palácio se desfez em uma espiral de areia. A realidade se transformou novamente, e agora estava em um deserto, mas não mais sozinho. Uma multidão se formava, viajantes de várias partes do mundo, cada um em busca de algo, cada um carregando seu próprio peso.

Caminhando entre eles, vi rostos de pessoas conhecidas, outras que não reconhecia, mas que pareciam familiares. Cada um carregava uma chama, uma luz interna que iluminava a escuridão ao redor. Algumas estavam cansadas, outras esperançosas, mas todos moviam-se em direção a um mesmo objetivo, como se um fio invisível os unisse.

Quando alcancei uma ponte, a sensação de que estava prestes a atravessar não era apenas física; era uma travessia metafísica entre o conhecido e o desconhecido. Cada passo me mostrava uma versão de mim mesmo que eu não conhecia, fragmentos do que eu havia sido e do que poderia ser.

No meio da ponte, uma sombra novamente se formou à minha frente. Era a encarnação do medo — um monstro que crescia em tamanho e forma, moldando-se a partir de todas as inseguranças que eu havia guardado. Ele se erguia em uma tempestade de escuridão, sussurrando dúvidas e incertezas que ecoavam em minha mente.

"Eu não sou apenas um viajante perdido; sou parte do infinito."

A ponte começou a brilhar intensamente, iluminando o caminho à frente, e eu vi as formas que se escondiam na escuridão começarem a se dissipar.

Do outro lado da ponte as pessoas andavam por ruas que pareciam eternas, interagindo em harmonia com a natureza ao redor. Flores brotavam do chão, e árvores frutíferas ofereciam sombra e sustento.

Caminhei pelas ruas, sentindo a conexão com cada ser ao meu redor. Uma sensação de paz e tranquilidade fluía como um rio entre nós, onde cada vida era uma gota em um vasto oceano.

Acordei, agora em meu quarto, com o sol filtrando-se pela janela. A bússola estava ao meu lado, pulsando com uma nova energia. O que eu havia experimentado não era apenas um sonho; era uma transformação. Levantei-me, e ao olhar pela janela, vi o mundo ao meu redor com novos olhos — como um buscador, um viajante no eterno ciclo da vida.

Uma colina se ergueu diante de mim, e, ao me aproximar, percebi que não havia mais no deserto envolta da cidade; havia uma porta aberta que me conduziu a um local familiar. Era o Parque Eduardo VII, onde as árvores formavam um labirinto verde, e os sons da cidade se misturavam em uma sinfonia de vida. Porém, a atmosfera estava impregnada de um silêncio inquietante, como se o parque estivesse à beira de algo majestoso.

No centro do parque, uma fonte jorrava água límpida, mas, ao me aproximar, notei que a água refletia não apenas meu rosto, mas também as imagens das minhas lembranças.

Agora eu me encontrava numa segunda colina, que se manifestou como um antigo castelo. Ao entrar, percebi que as paredes estavam cobertas de tapeçarias que retratavam batalhas e vitórias, mas também tragédias. Cada tapeçaria parecia contar uma história, e as figuras ali, sem vida, observavam-me com olhos vazios, como se esperassem a vinda de um herói que nunca chegaria.

No centro do castelo, encontrei uma sala de guerra, onde um conselho de guerreiros discutia planos, cada um deles representando uma faceta da luta interna que todos enfrentamos. Entre eles estava uma figura conhecida, Krishna, que observava com serenidade.

Logo eu estava na terceira colina, onde as ruínas de um templo se erguiam majestosas, mas devastadas pelo tempo. O ar estava pesado com a energia de rituais antigos, e o chão reverberava com ecos de mantras esquecidos. Em meio ao caos, uma figura surgia entre as sombras: Kali, a deusa da transformação.

Kali se aproximou e estendeu a mão, fazendo um gesto que parecia conjurar a essência do universo. O templo começou a brilhar, e as ruínas se transformaram em um lugar vibrante, onde a vida pulsava em todos os lugares.

Com o surgir de uma quarta colina, me encontrei em uma caverna obscura, a entrada envolta em névoa. Era uma sensação opressiva, como se a escuridão estivesse viva, absorvendo toda a luz. Ao entrar, a caverna se abria em uma enorme sala subterrânea onde seres míticos dançavam nas sombras, representando as forças da luz e da escuridão.

No centro da sala, uma figura colossal se erguia: parecida um ser feito de luz, um arcanjo, com asas que brilhavam intensamente. Ele olhou para mim, seu olhar profundo e compassivo.

Enquanto ele falava palavras que eu não podia ouvir, as sombras começaram a dançar ao meu redor, e vi figuras fantasmagóricas, figuras de animais que nunca tinha visto antes, e até mesmo de cidades que pareciam de outra civilização. Era um ciclo interminável de situações e causalidade.

Enquanto deixava a caverna, a cena se transformou novamente, e agora estava diante da quinta colina, que se manifestou como um bosque. A luz filtrava-se entre as folhas, criando um espetáculo de cores dançantes. Os sons da natureza preenchiam o ar, e eu podia sentir o cheiro da chuva que estava por vir. No coração do bosque, encontrei uma árvore imensa, cujas raízes se entrelaçavam como serpentes.

Ao me aproximar, vi que a árvore tinha folhas de ouro que brilhavam intensamente, e entre as raízes, uma sombra parecia presa, tentando emergir.

Ao deixar o bosque, uma nova cena se desdobrou diante de mim, e agora eu estava em uma montanha nevada. O ar era fresco e puro, e ao olhar para baixo, vi a imensidão do mundo abaixo de mim. Cada passo que eu dava era um desafio para não cair.

Ao chegar no topo da colina, a cena se transformou mais uma vez, e agora eu estava de volta à Lisboa, em um ponto elevado onde as sete colinas se desenhavam sob a luz suave do pôr do sol. As memórias das colinas ainda ressoavam em minha mente e coração.

Olhei ao meu redor e vi as pessoas caminhando, cada uma delas carregando espelhos gigantes, que refletiam imagens completamente distorcidas do que deveriam refletir.

Por algum motivo decidi caminha na direção oposta dessas pessoas, até chegar à um jardim, cujas folhas das arvores e plantas tinha um verde profundamente escuro.

Continuei caminhando e, a cada passo, as arvores e folhas pareciam se aproximar cada vez mais de mim, numa tentativa de me aprisionar, comecei a ter uma breve sensação de desespero.

Quando, continuando meu caminho, as arvores e folhas pareciam que iriam me esmagar, sai em um campo aberto, com uma arvore gigante e reluzente, qual seu topo parecia se estender acima das nuvens e continuar pelo universo.

Tive uma visão da árvore quase como um topo, ela parecia dividia em dez partes, e a primeira e mais baixa parte era uma tapeçaria vibrante de vida.

Cada detalhe era exato e realista, desde o som dos pássaros em sua rotina matinal até o sussurro do vento que acariciava as folhas das árvores. Senti a textura do chão sob meus pés, o calor do sol na pele e o perfume da terra molhada, o aroma de uma nova vida. Era a materialização de tudo que existia, e por um momento, fiquei perdido na maravilha do mundo físico.

Na superfície, este era um reino da matéria, mas à medida que observava com mais atenção, percebia que cada elemento ali era um reflexo das energias mais sutis que o sustentavam. Assim como a luz solar se transforma em calor, a energia dessa tapeçaria era uma manifestação das partes superiores da arvore, conectando cada uma de suas extremidades.

Uma flor de figo se abriu diante de mim, e ao seu redor, pude ver o ciclo da vida e da morte em ação. A beleza efêmera da vida era um lembrete constante de que cada momento é precioso, e que a morte é apenas uma transformação. A flor era um símbolo, um lembrete de que o que se manifesta deve também se dissolver. Assim como o dia se torna noite, e a vida se transforma em morte, cada um de nós deve aprender a aceitar a impermanência.

Ao deixar a flor, a luz começou a se intensificar, e fui projetado para outro ambiente. Aqui, o ar era mais etéreo, e as formas se tornaram fluidas, quase como se eu estivesse dentro de um grande rio. A atmosfera estava impregnada de imagens, símbolos e emoções, cada um deles uma expressão da realidade subjacente.

Parecia que cada pensamento que tinha, cada emoção que sentia, moldava o espaço ao meu redor. Era como se a realidade estivesse sendo constantemente criada e recriada por meio das minhas percepções.

Uma série de espelhos apareceu, parecidos com daqueles caminhantes que vira antes, cada um refletindo versões diferentes de uma pessoa, em diferentes períodos e circunstâncias. Eu via a criança curiosa, o adolescente rebelde, um adulto melancólico. Cada reflexo trazia à tona emoções reprimidas e memórias esquecidas.

Após isso uma biblioteca colossal se materializou à minha frente, com estantes que se estendiam até o infinito. Livros antigos e pergaminhos sussurravam segredos enquanto eu passava, segredos em línguas que eu não compreendia, cada livro parecia prometer uma revelação. Ao abrir um deles, encontrei um relato sobre os antigos sábios que discutiam o significado da vida, do amor e da morte. Suas palavras ressoavam profundamente em mim, e compreendi que a sabedoria é acumulada através do tempo, sendo passada de geração em geração.

Enquanto caminhava uma luz verde e dourada passou a pulsar ao meu redor, substituindo a biblioteca. Uma cena de guerra se desdobrou diante de mim, com guerreiros enfrentando reflexos deles mesmos.

Um vasto campo de rosas se abriu diante de mim, cada uma mais vibrante que a anterior. As rosas vermelhas dançavam com a brisa, criando uma sinfonia de tons de vermelho e aromas. O ambiente foi se transformando em uma sala completamente vermelha com uma vibração intensa e poderosa, e o vermelho pulsava como um coração em fúria.

A seguir uma sala iluminada apareceu, quando entrei na sala as paredes se tornaram mais escuras, mas não menos bonitas e adornadas; as sombras dançavam em uma iluminação suave, como se a própria escuridão estivesse contando histórias.
Um grande caldeirão borbulhante estava no centro, onde as ideias, visões, objetos se misturavam e se transformavam.

Enquanto olhava atentamente para dentro do caldeirão, um vasto campo de estrelas e galáxias se desdobrou diante de mim, e percebi que cada estrela era uma parte da sombra, que naquele ambiente, formava figura do meu corpo.

"Todo homem e toda mulher é uma estrela", lembrei.

Capítulo 9
A Cidade das Sete Colinas
X. Clavis.

Ao desperta tive a sensação que dormira por dois dias. Sequer havia aberto os olhos completamente, corri até a minha escrivaninha para pegar meu caderno de anotações e começar a escrever com o máximo de detalhes cada parte desse sonho que aos poucos parecia mais longínquo e cinza.

Os tons apocalípticos do meu sonho e as sensações ambíguas que tinha ainda horas após despertar me fizeram recordar de uma profecia antiga, ainda bastante famosa em alguns meios ocultistas.

Um conjunto enigmático de 112 lemas associados a cada papa que governaria a Igreja Católica, A Profecia de São Malaquias está imersa em mistério e simbolismo. Com uma origem que remonta ao século XII, quando o santo irlandês Malaquias teve uma visão enquanto visitava Roma, este texto se tornou um ponto de referência para discussões sobre o futuro da Igreja e o fim dos tempos. Desde a sua descoberta no final do século XVI, a profecia tem sido alvo de interpretações variadas, especialmente em relação ao último papa, uma figura que, segundo as profecias, liderará a Igreja em tempos de grande tribulação.

A Profecia teria sido escrita em 1139, mas sua notoriedade cresceu apenas a partir de 1590, quando foi publicada por cardeais que a encontraram em um manuscrito antigo. O cardeal Federico Borromeo foi um dos primeiros a chamar a atenção para o texto, que logo se espalhou entre os intelectuais da época. Embora a autenticidade da profecia tenha sido questionada, seu conteúdo ressoou com a inquietude de uma Igreja em crise, especialmente em períodos de guerras e conflitos religiosos que marcaram os séculos seguintes.

As frases que compõem a profecia são descrições enigmáticas de cada papa, muitas vezes com uma conexão sutil com suas vidas e papados. A linguagem simbólica e os traços poéticos tornam as interpretações subjetivas, permitindo que diversos estudiosos e crentes façam conexões e traços de sentido, dependendo do contexto histórico e cultural em que se encontram.

Cada um dos 112 lemas se refere a um papa, e as descrições variam de referências diretas a simbolismos mais vagos. Por exemplo:

Papa Pio IX: seu lema "Crux de Cruce" (Cruz da Cruz) remete à sua forte defesa da doutrina católica em tempos de secularização.

Papa Leão XIII: "De Laboribus Solis" (Do Trabalho do Sol) poderia estar ligado à sua época de liderança durante a Revolução Industrial e suas encíclicas sobre justiça social.

Os lemas evocam imagens que podem parecer proféticas ou irônicas, levando a criações de narrativas que refletem a luta da Igreja em diferentes épocas. Cada lema, embora aparentemente independente, se encaixa em um quebra-cabeça mais amplo, refletindo a continuidade da história da Igreja através das dificuldades.

A figura mais intrigante da Profecia é o último papa, que é referido como "Petrus Romanus". O lema associado a ele é especialmente impactante:

"Durante a última perseguição à Santa Igreja, Petrus Romanus pastoreará seu rebanho em meio a muitas tribulações; depois disso, a Cidade das Sete Colinas será destruída e o Juiz Terrível julgará seu povo."

Este lema ressoa de maneira sombria, evocando imagens de apocalipse e destruição. A expressão "Cidade das Sete Colinas" se refere diretamente a Roma, o coração da Igreja Católica e o centro da cristandade por séculos. A perspectiva de que a cidade poderia ser destruída levanta questões sobre a permanência da Igreja e a possibilidade de um colapso espiritual.

A figura de Petrus Romanus é repleta de simbolismo. O nome "Petrus", que significa "pedra" em latim, remete ao apóstolo Pedro, considerado o primeiro papa, e simboliza a fundação da Igreja. A adição de "Romanus" sugere uma continuidade histórica, enquanto ao mesmo tempo implica uma ruptura com a tradição.

O que torna essa profecia ainda mais fascinante é o momento em que ela é supostamente realizada. A "última perseguição" é um conceito que pode ser interpretado de várias maneiras: como um período de crescente hostilidade à fé cristã, como as perseguições religiosas ao longo da história ou mesmo como um tempo de conflitos internos dentro da Igreja. A combinação de todos esses elementos torna a figura de Petrus Romanus não apenas um líder, mas um símbolo de resistência em tempos de adversidade.

Roma, com suas sete colinas — Aventino, Palatino, Capitolino, Quirinal, Viminal, Esquilino e Celio — não é apenas um lugar físico, mas um espaço carregado de história e símbolos ocultos. A cidade é um microcosmo da história humana, repleta de ruínas que falam de glórias passadas e sombras que lembram as quedas do poder. Cada colina carrega suas próprias histórias e mitos, que refletem o desejo de transcendência da humanidade, mas também a inevitabilidade da decadência.

Durante a Profecia de São Malaquias, Roma foi um lugar de grande transformação, marcada por batalhas de ideais e crenças. Os cristãos enfrentaram perseguições sob vários imperadores, e as narrativas de mártires e santos começaram a se entrelaçar com a própria história da cidade. Essa luta pela sobrevivência da fé em meio a um ambiente hostil ecoa nas palavras de Malaquias e ressoa até os dias de hoje.

A menção ao "Juiz Terrível" no lema de Petrus Romanus intensifica o caráter apocalíptico da profecia. Essa figura pode ser associada a várias tradições, desde o julgamento final descrito no Livro do Apocalipse até as concepções de retribuição e justiça nas diferentes religiões e mitologias. O Juiz não é apenas um símbolo de medo, mas também de esperança para aqueles que permanecem fiéis à sua fé, representando a possibilidade de redenção após a tribulação.

Em momentos de crise, as figuras do Juiz e da salvação aparecem com mais frequência nos discursos religiosos e nas narrativas coletivas. A dualidade entre o medo e a esperança permeia as reflexões sobre o futuro da Igreja e o destino da humanidade. Petrus Romanus, como o último papa, se torna um intermediário entre a Terra e o Céu, carregando sobre seus ombros a responsabilidade de guiar os fiéis em tempos sombrios.

Depois de tantos simbolismos à minha volta sobre a cidade de sete colinhas, eu tinha que enfim conhecer essa cidade que sempre me despertou vislumbre e curiosidade.

A Cidade Eterna, é um lugar onde o passado e o presente dançam em uma coreografia intricada, onde as cicatrizes da história se entrelaçam com a vida cotidiana. Ao cruzar os seus limites, somos imediatamente transportados para um universo onde cada pedra e cada monumento murmuram segredos de um tempo em que imperadores governavam e deuses eram adorados. O ar carrega o peso das eras, uma mistura de liberdade e opressão, de luz e sombra, que permeia suas ruas antigas.

Cheguei numa manhã calma, o Sol banhava as ruas de paralelepípedos com uma luz dourada, fazendo brilhar os edifícios históricos que se erguem como sentinelas do tempo. O Fórum Romano, com suas ruínas majestosas, mostrou-se como um testemunho da grandiosidade da civilização que ali floresceu. As colunas do Templo de Saturno se erguem desafiadoras, enquanto o eco dos passos dos romanos antigos ainda ressoa nas pedras desgastadas.

Cada canto revela uma nova história, cada sombra parece carregar a memória de um império que se estendeu por continentes.

Caminhando pelas ruas estreitas do Trastevere, sinto a pulsação da vida moderna em meio ao pano de fundo do antigo. Os cafés acolhedores e as praças vibrantes contrastam com as igrejas barrocas que se erguem majestosas, suas fachadas adornadas com esculturas que parecem ganhar vida sob a luz do sol poente. As vozes dos habitantes misturam-se com o riso dos turistas, criando uma sinfonia de sons que ecoa pelo ar, enquanto o aroma de café fresco e pães assados se entrelaçam, criando um convite irresistível para uma pausa.

No entanto, a beleza de Roma é entremeada por uma certa melancolia. Ao caminhar pela Via della Conciliazione, a visão da Basílica de São Pedro se apresenta com sua cúpula imponente, uma obra-prima de Michelangelo. Mas por trás de sua grandiosidade, existe um eco de conflitos e disputas de poder que moldaram a Igreja e a cidade. As colunas de Bernini que cercam a praça são um abraço acolhedor, mas também um lembrete das vidas sacrificadas em nome da fé e da política.

À medida que o dia avança, o céu começa a tingir-se de tons avermelhados, e as luzes da cidade começam a brilhar como estrelas em uma constelação terrena. O Panteão, com sua cúpula majestosa, convida à reflexão. Ao entrar, o espaço é envolvente e solene, com a luz que penetra pelo óculo iluminando o vazio sagrado. Aqui, a arquitetura se torna uma metáfora da busca pelo divino, e a reverência que sinto é quase palpável. É um lugar onde os antigos e os modernos se encontram, onde o tempo parece se desvanecer.

O Coliseu, imponente e desgastado, ergue-se como um lembrete das batalhas sangrentas e do espetáculo da vida e da morte. Ao caminhar por suas arquibancadas, imagino os gritos da multidão, a adrenalina dos gladiadores e a tensão que permeava cada combate. A sua história, repleta de triunfo e tragédia, ressoa nas paredes, fazendo com que eu me pergunte sobre o preço do entretenimento e a natureza da humanidade.

Eu via uma cidade que respira, que vive e que morre, constantemente reimaginada e reinventada. À medida que a noite se aprofunda, os ruídos do dia se dissipam, dando lugar a um silêncio contemplativo. O Tibre, serpenteando pela cidade, reflete as luzes dos edifícios, enquanto suas águas murmuram segredos que só os antigos conheceriam. Caminhando à beira do rio, sinto-me envolvido por uma sensação de solitude, como se cada passo fosse uma viagem através do tempo.

E, enquanto as estrelas começam a brilhar no céu noturno, percebo que Roma é mais do que uma cidade; é uma sinfonia de histórias, uma tapeçaria de emoções e uma ode à condição humana. É um lugar onde a arte e a arquitetura se tornam um reflexo da alma, onde cada canto revela não apenas a beleza, mas também a complexidade e a dualidade da existência. Assim, Roma permanece, eternamente, como um enigma que fascina e intriga, um convite a explorar as profundezas da nossa própria história e espiritualidade.

Na Piazza Navona, a beleza é envolta em um manto de nostalgia e mistério. A Fonte dos Quatro Rios ergue-se majestosa, mas ao olhar mais de perto, percebo que as águas parecem sussurrar segredos antigos. As figuras esculpidas, que representam os grandes rios do mundo, olham para mim com expressões que parecem capturar a dor e a glória da humanidade. O Nilo, com seu pano cobrindo a cabeça, oculta seu rosto em desconfiança, enquanto o Danúbio, com um semblante melancólico, reflete sobre as correntes do destino.

As ruelas que cercam a praça são estreitas, quase claustrofóbicas, como se a cidade estivesse tentando guardar seus mistérios. Cafés e restaurantes, com suas mesas ocupadas por conversas e risos, criam um contraste entre a alegria e a história sombria que permeia o local. É aqui que os sonhos se entrelaçam com as realidades, e eu não posso deixar de sentir uma presença estranha, como se as almas dos que vieram antes de mim ainda vagassem por estas pedras.

A Piazza del Popolo, com sua forma ovalada, é um portal para um mundo mais sombrio. O Obelisco Flaminio, que se ergue solene no centro, é uma testemunha silenciosa de épocas de conquista e dor. À medida que me aproximo, sinto um arrepio percorrer minha espinha. As duas igrejas gêmeas, com suas fachadas simétricas, parecem observar com olhos críticos, como se guardassem os segredos dos que se ajoelharam em oração sob seus telhados.

Do alto da escadaria da Trinità dei Monti, a vista se desdobra como um conto sombrio. Os telhados da cidade se estendem em um mar de vermelhos e ocres, enquanto a luz do sol se desvia para deixar espaço à penumbra. Aqui, a história não é apenas uma sucessão de eventos, mas uma espiral de emoções — tristeza, perda, esperança — que se entrelaçam como as raízes de uma árvore antiga.

Enfim cheguei ao lugar de Roma que mais queria conhecer. Erguendo-se à beira do Tibre como um vigia solene, o Castelo de Santo Ângelo é um monumento que encapsula a dualidade da história de Roma — uma fortaleza de poder e um labirinto de segredos. Construído inicialmente como o mausoléu do imperador Adriano, sua arquitetura robusta, em forma de cilindro, parece absorver a luz do sol, emitindo uma aura quase espectral à medida que o dia se transforma em noite.

Quando a luz do dia se apaga e a noite se instala, o castelo se transforma em um lugar onde o passado e o presente se entrelaçam. As sombras se alongam e as paredes de pedra, que já testemunharam intrigas, traições e redentores, parecem vibrar com as vozes de almas inquietas. Uma brisa gelada sussurra entre as torres, trazendo consigo ecos de histórias não contadas e segredos enterrados nas criptas sombrias que descem até o coração da fortaleza.

No topo, a estátua de Miguel Arcanjo, espada em punho, observa a cidade como um sentinela divino. No entanto, ao olhar mais de perto, seus olhos parecem carregar um peso de julgamento. O ar pesado que circunda o castelo é impregnado de um misto de reverência e desespero, como se os espíritos dos que ali viveram estivessem sempre à espreita, prontos para se manifestar nos momentos de solidão.

Os corredores internos, escuros e estreitos, são um labirinto de pedras frias que já ressoaram com os passos de papas, soldados e prisioneiros. O eco das correntes que arrastavam os condenados parece ainda vibrar nas paredes. Cada porta, cada arco, é uma lembrança de que este não é apenas um castelo, mas um lugar de transição — um espaço onde a vida se encontra com a morte, e onde a justiça é muitas vezes ofuscada pela corrupção.

Os túneis subterrâneos, que ligam o castelo ao Vaticano, falam de uma era de segredos sussurrados e alianças traiçoeiras. Os guardas que ali serviam eram mais do que meros soldados; eram guardiões de um conhecimento oculto, parte de um sistema que navegava nas águas turvas do poder e da traição. Há rumores de que alguns desses túneis nunca foram completamente explorados, permanecendo como veias pulsantes de um corpo enigmático que continua a existir sob a cidade.

À medida que a noite avançava, o castelo ganhava vida com uma energia quase palpável. O vento uiva nas fendas das paredes, como se chamasse os espíritos que ali habitam. Os visitantes, armados com lanternas e curiosidade, se movem como sombras, quase invisíveis sob a luz da lua que reflete nas pedras úmidas. As histórias contadas por guias, repletas de fantasmas e mistérios, ecoam nas mentes dos ouvintes, enquanto a presença do castelo permeia o ar.

Pessoas que se aventuram em suas muralhas falam de visões — flashes de um passado tumultuado que assola suas consciências. O castelo se transforma em um espelho das ansiedades e arrependimentos de quem se aproxima dele.

O que era uma fortaleza de proteção se torna um templo de reflexão, onde cada visitante confronta suas próprias sombras.

O Castelo de Santo Ângelo, com sua rica tapeçaria de história e mito, é um testemunho da dualidade da condição humana. A sua beleza é ofuscada por um manto de melancolia, e a grandiosidade de suas paredes é quase sufocante, uma lembrança constante de que o poder vem acompanhado de um preço.

Enquanto me afasto, as sombras dançam ao redor, envolvendo o castelo em um abraço sombrio, como se estivesse a proteger seus segredos de um mundo que já não compreende suas verdades. O Tibre flui ao lado, suas águas refletindo as estrelas, mas também ocultando histórias que nunca foram contadas, enquanto o Castelo de Santo Ângelo continua a vigiar, um guardião eterno dos mistérios de Roma.

A manhã seguinte começava com uma luz pálida filtrando-se pelas nuvens, lançando um brilho etéreo sobre os domos e as colunas da Basílica de São Pedro. Assim que cruzei as portas imensas, um ar de reverência me envolveu, como se o próprio espaço estivesse pulsando com a história sagrada que habitava suas paredes. A grandeza do lugar era ao mesmo tempo deslumbrante e opressora; as pedras frias, os mármores polidos, cada canto repleto de simbolismo e cada afresco contando uma história que transcendia o tempo. Meus passos ecoavam sobre o piso, ressoando um sussurro de incertezas que eu havia trazido de minha jornada.

A arte católica, tão glorificada em sua imensidão, despertava em mim um paradoxo de sentimentos. Por um lado, a história da Igreja me assombrava — as torturas, as inquisições, o silenciamento do pensamento livre. O sangue de cientistas e mentes brilhantes, derramado em nome de uma fé que temia o conhecimento. Lembrei-me de Galileu, de Giordano Bruno, de todas as almas que foram queimadas por questionar o dogma, por buscar a verdade em um mundo que preferia viver na ignorância. Com um coração pesado, refleti sobre a perda de muitas vidas, o manto negro da opressão que se estendia por séculos.

Mas, enquanto caminhava pelos corredores ornamentados, o brilho dourado dos afrescos de Michelangelo no teto começou a me cativar. A Criação de Adão, uma imagem sublime que conecta o divino e o humano, tornou-se um convite, um chamado silencioso para a contemplação. Eu era um esotérico perdido entre as sombras do passado e a luminosidade da arte. O que eu via, no entanto, não era apenas a história de uma religião, mas a exaltação do espírito humano em busca da beleza, da verdade e do amor.

E assim, à medida que me aprofundava na Basílica, percebi que a guerra tinha sido perdida; os católicos venceram. Era uma vitória amarga e estranha, uma conquista que havia selado um pacto entre o sublime e o profano. A arte, agora a verdadeira herança do sagrado, floresceu sob o domínio da Igreja. Cada escultura, cada pintura, cada nota musical que reverberava nas abóbadas ressoava com a grandeza do espírito criativo, que, mesmo sob a égide de uma instituição tantas vezes sombria, conseguiu brilhar com uma intensidade que não poderia ser apagada.

Os relevos meticulosamente esculpidos, a perfeição geométrica do espaço, as nuances de luz que dançavam nas paredes de mármore — tudo isso falava de um amor por Deus e pelo ser humano, uma conexão intrínseca que desafiava as narrativas de repressão. Era um testemunho do que poderia emergir das cinzas do medo: beleza que transparece e eleva, mesmo em meio a uma luta interminável contra a escuridão.

De repente, uma melodia suave se fez ouvir, ecoando entre os arcos e as colunas, transportando-me a um estado de leve triteza. Era a música sacra, nascida das vozes de homens e mulheres que se entregavam a Deus através da arte. O canto ressoava como um hino à resiliência, um lembrete de que, apesar dos horrores do passado, a luz da criatividade humana nunca foi completamente extinta. Fui tomado por um sentimento de gratidão por aqueles que, mesmo dentro de uma estrutura opressora, conseguiram canalizar sua espiritualidade em algo transcendental.

Naquela manhã, ao ficar em pé sob a cúpula majestosa de São Pedro, os meus medos começaram a se dissipar. A arte católica não era apenas um reflexo da religião, mas uma ponte que unia passado e futuro, um testemunho da luta e da superação da humanidade. Cada pincelada, cada nota, cada pedra era um ato de resistência contra o esquecimento, uma ode à vida em sua plenitude. As sombras que uma vez ameaçaram apagar o brilho da alma humana agora serviam apenas para realçar seu esplendor.

Em um silêncio sepulcral, quase sentindo meus lábios selados, percebi que minha raiva contra a Igreja, embora compreensível, precisava ser temperada com uma apreciação pelo que de mais belo poderia surgir de sua história. A Basílica de São Pedro, em toda sua glória e dor, tornou-se um símbolo da dualidade da existência. Em seu seio, a luz e a escuridão coexistiam, entrelaçadas em um emaranhado de significados que desafiavam qualquer tentativa de simplificação.

Assim, enquanto contemplava os detalhes, as imagens de santos e mártires adornando as paredes, a beleza da arquitetura se desdobrava diante de mim como uma revelação. Eu, um buscador em meio a sonhos e pesadelos, encontrava ali uma resposta para minha própria jornada. Em última análise, não era sobre quem tinha vencido ou perdido, mas sobre como, em cada traço de beleza, em cada eco de arte, havia a possibilidade de redenção.

O sol iluminou meu caminho por um dos majestosos vitrais, como se os próprios céus estivessem celebrando essa nova perspectiva. Cada passo, agora, era um tributo à arte que resiste, que fala mesmo em meio ao silenciamento, uma ode a todas as almas que, através da dor, encontraram um modo de expressar a eternidade.

Eles venceram a guerra, tudo que restava à qualquer alma injustiçada durante a Idade Média restava repousar sob a abóboda de arte, música sacra e arquitetura espetacular repleta de medos e submissão que a religião ainda infligia à alguns.

Cruzei Roma à pé até a Galeria Borghese, a qual encontrei repousada e esplêndida, escondida em meio aos exuberantes Jardins Borghese; onde surgia como um santuário de arte que encanta e assusta. Um palácio renascentista, com sua fachada de mármore branco, ergue-se como uma fortaleza de beleza em um mundo frequentemente dominado pela superficialidade. Assim que você atravessa os portões de ferro forjado, é transportado para um domínio onde a estética e a emoção se entrelaçam, e cada obra parece murmurar segredos.

A arquitetura da galeria, projetada por Carlo Maderno no início do século XVII, é um esplendor que reflete a grandeza da era que a concebeu. As salas se desdobram como capítulos de um livro, cada uma levando os visitantes a uma nova história. Os tetos são adornados com afrescos exuberantes, que retratam deuses, heróis e figuras mitológicas, capturando um mundo onde o divino e o humano se entrelaçam de maneira complexa. A luz que entra pelas janelas amplas transforma as salas em santuários de contemplação, onde a beleza é quase palpável.

Ao caminhar pelas salas, você é imediatamente envolvido pela presença de obras-primas de artistas renomados. A Galeria Borghese abriga uma das coleções mais importantes da Itália, com peças de Caravaggio, Rafael, Bernini e muitos outros. Cada obra, embora rica em beleza, carrega uma carga emocional e uma sombra de melancolia.

Caminhado entre as obras de grandes mestres, senti meu coração palpitar, e um leve turvo em minha visão. Havia percebido, no coração da Galeria, entre a opulência do mármore e a delicadeza das cores, a célebre (por falta de palavras melhores para descrevê-la) escultura "O Rapto de Proserpina", criada pelo mestre barroco Gian Lorenzo Bernini. Essa obra-prima é um testemunho do poder da arte em capturar não apenas a beleza, mas também a complexidade das emoções humanas, enquanto evoca uma sensação de escuridão que perpassa sua narrativa mitológica.

A escultura captura um momento dramático e decisivo da mitologia romana, onde Hades, o deus do submundo, rapta Proserpina, a deusa da primavera. O instante é congelado em uma dinâmica intensa, onde a tensão é perceptível. Proserpina, imortalizada em mármore, é retratada em um gesto de resistência e horror, enquanto Hades, ou Plutão para os romanos, forte e determinado, a ergue em seus braços, como se a natureza estivesse prestes a ser forçada a ceder à escuridão.

Os olhos de Proserpina, arregalados em um misto de surpresa e terror, refletem uma tristeza profunda. Suas mãos se contorcem em busca de apoio, como se quisesse agarrar algo que se foi, enquanto sua flor – o símbolo da primavera – escorrega de seus dedos. Essa flor, um símbolo de vida e esperança, é deixada para trás, sugerindo a transição brutal de uma existência luminosa para a obscuridade do mundo subterrâneo.

Bernini, com sua maestria em manipular o mármore, captura não apenas a forma, mas a essência da luta interna de Proserpina. A luz que incide sobre a escultura realça o contraste entre o ser e o não ser, o mundo da vida e o reino da morte. O brilho que dança nas superfícies polidas revela a beleza, mas também destaca a fragilidade da condição humana.

As dobras do vestido de Proserpina são meticulosamente esculpidas, como se o tecido estivesse prestes a se desvanecer em fumaça. A maneira como o tecido se agarra ao seu corpo é quase visceral, evocando uma sensação de vulnerabilidade. A textura do mármore, ao mesmo tempo suave e rígida, reflete a dualidade da sua condição: a beleza de uma deusa sendo tragicamente puxada para a escuridão.

Plutão, por sua vez, é representado como uma figura poderosa, musculosa, imperturbável em seu desejo. Seus olhos, embora dotados de uma expressão intensa, parecem insensíveis ao sofrimento de Proserpina. A força de sua presença é opressiva, uma manifestação do inevitável destino que aguarda todos nós. Ele se torna um símbolo não apenas do desejo, mas também da possessão, da consumação da vida em uma escuridão que não pode ser revertida.

A escultura em si é uma narrativa visual, onde as sombras desempenham um papel vital. As áreas sombreadas, criadas pelas angulações e pela profundidade do trabalho, parecem pulsar com vida própria. Elas formam um manto de mistério que envolve a cena, como se a própria narrativa estivesse inserida em uma trama maior de tragédias e destinos inevitáveis.

"O Rapto de Proserpina" não é apenas uma história de amor e perda; é um reflexo das experiências humanas mais profundas – a luta contra o destino, a busca pela liberdade e a inevitabilidade da morte. Na mitologia romana, o rapto de Proserpina simboliza as estações do ano: sua descida ao submundo representa o outono e o inverno, enquanto seu retorno à superfície marca a primavera. Esse ciclo, que se repete eternamente, nos lembra da fragilidade da vida e da inevitabilidade da morte.

Os murmúrios da galeria ao redor da escultura, com visitantes admirando a obra, criam uma cacofonia de vozes que se entrelaçam com a história de Proserpina, ou Perséfone.

Suas expressões de assombro e admiração ressoam com a dor e a beleza encapsuladas na pedra. A própria galeria parece respirar em uníssono, envolta em um manto de reverência pelo passado, um espaço onde a arte é eternamente viva, mas também eternamente presa em um ciclo de luz e sombra.

A experiência de observar O Rapto de Proserpina foi um convite à reflexão. A escultura é um espelho que reflete não apenas a história de uma deusa, mas também a nossa própria condição humana. Ao nos depararmos com o sofrimento e a perda, somos confrontados com a pergunta inevitável: como lidamos com a sombra que nos persegue?

Enquanto os olhos se fixam na expressão de Proserpina, há um momento de identificação.

A fragilidade, a dor e a beleza da sua luta se tornam um eco das nossas próprias batalhas, das inevitabilidades que nos cercam.

Em meio ao esplendor da Galeria Borghese, a sombra da história e da emoção se entrelaçam, criando um espaço de beleza sombria que perdura muito além do tempo.

Assim, a obra permanece não apenas como uma obra de arte, mas como um poderoso símbolo das verdades universais da vida, um lembrete de que, mesmo nas mais intensas lutas, a beleza pode ser encontrada, mesmo que envolta em sombras.

Enquanto saída da Galeria, instrospectivo sobre o efeito que a arte de Bernini estava tendo em mim, via os caminhos sinuosos são cercados por estátuas clássicas e fontes que sussurram os lamentos da Antiguidade nos jardins.

As árvores altas formavam um dossel que filtra a luz do sol, criando um jogo de luz e sombra no solo, evocando um ambiente quase onírico.

A tranquilidade do jardim tornou-se rapidamente inquietante.

O murmúrio da água parece murmurar segredos antigos, e as sombras que dançam nas folhas pareciam figuras fugazes, como se as almas dos antigos habitantes da galeria estivessem sempre à espreita, assistindo à passagem do tempo.

Naquele momento percebi que estava nas terras de meus antepassados e, talvez influenciado pela arte de Bernini, decidi seguir a rota de meus avós e bisavós imigrantes daquele país, até a cidade que achava que era a de origem deles.

Eu queria me conectar com esse aspecto das profundezas da minha alma e da minha ascendência.

Capítulo 10
Raízes
XI. Clavis.

Peguei o trem em direção ao norte, e lamentei muito por não passar por Florença.

Cremona, uma cidade antiga às margens do rio Pó, na região da Lombardia, é um local onde o tempo parece seguir um ritmo próprio, como o lento compasso de uma sonata esquecida. Ao caminhar por suas ruas estreitas e pavimentadas em pedra, há uma sensação quase palpável de história impregnada nas fachadas dos edifícios. A luz suave do fim da tarde dá às construções renascentistas uma tonalidade âmbar, enquanto sombras longas e sinuosas se estendem pelos becos, evocando uma atmosfera de mistério e nostalgia.

No centro da cidade, ergue-se o imponente Torrazzo, uma torre de relógio que domina o horizonte. Com quase 112 metros de altura, é uma das torres medievais mais altas da Europa, e sua presença é tanto um marco quanto um vigilante silencioso, observando os séculos passarem. O sino ecoa com uma profundidade que parece ressoar nas almas de quem o escuta, trazendo à mente as lembranças de tempos passados, quando as sombras do poder da Igreja e das guildas medievais ainda pairavam sobre a cidade.

Ao lado do Torrazzo, a Catedral de Cremona é uma joia da arquitetura românica-gótica. Suas paredes, decoradas com afrescos antigos, parecem carregar o peso de séculos de orações e mistérios. Entrar em seu interior é como adentrar um outro mundo, onde a luz que filtra pelos vitrais coloridos transforma o ambiente em uma penumbra mística. Há uma quietude ali, uma sensação de que o tempo foi suspenso. Os olhos das estátuas de santos parecem seguir os visitantes, e o cheiro de incenso e cera derretida cria uma atmosfera pesada e contemplativa. É o tipo de lugar onde segredos podem se esconder nas sombras e onde o divino e o profano parecem se encontrar em uma dança silenciosa.

Cremona, porém, não é apenas famosa por sua arquitetura. A cidade carrega uma história musical única, impregnada pela mística da construção de violinos. Nos séculos XVI e XVII, mestres luthiers como Antonio Stradivari, Guarneri e Amati moldaram o destino da cidade, criando instrumentos que ecoam até os dias de hoje. As oficinas de luthiers ainda existem em Cremona, e, ao passar pelas ruas, pode-se ouvir o som suave de cordas sendo afinadas, misturado ao farfalhar do vento nas árvores.

No entanto, há algo quase inquietante nesse legado. Cada violino construído ali carrega em si uma alma, dizem os mais supersticiosos. Há rumores de que os instrumentos de Stradivari foram feitos com madeiras de árvores caídas em florestas que cercam lagos profundos e escuros, em noites de tempestades. Alguns acreditam que tocar um desses violinos é evocar os fantasmas de compositores e músicos que viveram e morreram na busca da perfeição sonora. O Museu do Violino, que guarda os instrumentos mais preciosos da cidade, tem um ar reverente e quase religioso. Ao entrar em suas salas, a sensação de estar cercado por fragmentos de algo maior que a vida é inescapável.

Mas Cremona também é uma cidade de contrastes. Sob a tranquilidade da vida moderna, há uma melancolia oculta, como uma nota desafinada em uma composição perfeita. À medida que o crepúsculo cai sobre a cidade, as luzes das ruas criam uma sensação de isolamento, como se o próprio lugar guardasse segredos profundos, inalcançáveis para aqueles que apenas passam. Em uma cidade onde a harmonia é venerada, a dissonância das vidas passadas e dos eventos ocultos parece espreitar em cada esquina.

Às margens do rio Pó, o cenário é igualmente carregado de uma beleza sombria. O rio, largo e sereno, carrega consigo não apenas a água que corre há milênios, mas também histórias de desastres, inundações e naufrágios. Diz-se que, em certas noites, é possível ouvir os sussurros daqueles que se afogaram, como se o rio guardasse as vozes dos esquecidos. A neblina que se levanta do Pó ao amanhecer ou ao entardecer dá à cidade uma aura espectral, como se estivesse suspensa entre dois mundos, o dos vivos e o dos mortos.

E então há os pequenos detalhes: as praças silenciosas onde o vento sussurra entre as colunas, os cafés antigos onde as mesas de mármore parecem ter ouvido conversas de gerações passadas, as ruas que se curvam de maneiras inesperadas, levando o visitante a se perder em seus próprios pensamentos. Cremona, apesar de sua fama musical e sua história rica, é uma cidade que mantém seus segredos bem guardados, como uma sinfonia não terminada, esperando para ser revelada a quem tiver a paciência e a sensibilidade para ouvir suas notas mais sutis.

A região, principalmente as margens do rio, foram palco de uma interessante batalha do Império Romano, cerca de 271 d.C., qual foi um dos eventos mais decisivos e violentos da crise do terceiro século do Império Romano, uma era marcada por invasões bárbaras, usurpadores internos e a fragmentação das fronteiras imperiais. Esse confronto, entre o imperador Aureliano e os alamanos, tornou-se uma batalha lendária — um choque entre a ordem disciplinada de Roma e a fúria indomável das tribos germânicas. O cenário era a planície fértil do Vale do Pó, onde o rio corria largo e sinuoso, um dos mais majestosos cursos de água da Itália.

A madrugada que precedeu o combate foi envolta por uma névoa pesada e úmida, pairando como uma cortina fantasmagórica sobre o campo. A bruma parecia engolir tudo à sua volta, distorcendo a visão e os sons, como se o próprio terreno estivesse preparando-se para a violência que logo o mancharia de sangue.

O Rio Pó, com suas águas calmas e profundas, serpenteava entre as planícies como uma força silenciosa e indiferente à carnificina que estava prestes a ocorrer. Em suas margens, o verde dos campos parecia vibrar com uma calma traiçoeira, um contraste terrível com o destino que aguardava os guerreiros de ambos os lados.

As legiões romanas, lideradas pelo implacável Aureliano, estavam organizadas com precisão militar ao longo da margem do rio. Suas armaduras brilhavam sob a luz cinzenta da manhã, e o som do metal, misturado aos gritos dos oficiais que preparavam suas tropas, reverberava como uma música de guerra. A muralha de escudos romanos, reforçada por lanças, parecia intransponível, uma máquina de guerra projetada para esmagar qualquer oposição. A disciplina, a formação rígida e a frieza tática dos romanos eram as suas maiores armas, forjadas em séculos de conquistas e conflitos.

No horizonte, uma horda de guerreiros bárbaros começava a se aproximar, e o som de tambores rudes e gritos tribais anunciava sua chegada. Os alamanos, com seus corpos robustos, peles de animais e armaduras irregulares de couro e ferro, representavam a selvageria encarnada. Eles eram homens formidáveis, nascidos e criados em terras hostis, onde a sobrevivência dependia da brutalidade e do combate constante. Suas espadas curtas e machados pendiam de cintos mal ajustados, mas seus olhos brilhavam com uma confiança feroz. Entre eles, rumores circulavam de que haviam sido guiados até ali por presságios, sinais de que os deuses estavam ao seu lado.

Quando os dois exércitos se encararam pela primeira vez, o campo de batalha foi tomado por um silêncio inquietante, interrompido apenas pelo vento que soprava através das fileiras. A distância entre as forças era curta, e o Rio Pó estava perto o suficiente para que ambos os lados pudessem ver sua correnteza lenta e constante. Era como se o próprio rio estivesse à espreita, esperando para engolir aqueles que caíssem na batalha.

Então, como um trovão que rompe o silêncio antes da tempestade, o imperador Aureliano deu a ordem para avançar. As legiões romanas marcharam com precisão inexorável, seus escudos colidindo uns contra os outros, criando uma muralha de aço que parecia inquebrável. Os alamanos, em contraste, lançaram-se para frente com uma fúria descontrolada, correndo em direção aos romanos como um enxame de lobos famintos. O choque inicial entre as duas forças foi brutal — o som de espadas cortando carne, o rangido de escudos e armaduras sendo partidos, e os gritos de homens feridos e morrendo encheram o ar.

A batalha rapidamente se transformou em um massacre. A força e o ímpeto dos alamanos eram poderosos, mas sua desorganização os tornava vulneráveis à meticulosidade romana. Os legionários mantinham sua formação, empurrando seus escudos para a frente e estocando suas lanças com precisão letal, enquanto os bárbaros tentavam romper a linha com uma mistura de desespero e raiva. O solo logo se tornou escorregadio com sangue, e o cheiro metálico da morte preenchia o campo de batalha, misturado com o odor de suor e lama.

Aureliano, que observava a carnificina de uma pequena elevação, estava tranquilo. Sabia que a chave para a vitória era a paciência, e quando percebeu que os alamanos começavam a hesitar, ele ordenou um ataque devastador de sua cavalaria. Os cavaleiros romanos, armados com espadas curvas e escudos circulares, desceram sobre os flancos inimigos como uma tempestade de aço e morte. A cavalaria fez um trabalho rápido e eficiente, cortando os guerreiros germânicos com facilidade e sem misericórdia. Os alamanos, percebendo que estavam sendo cercados, começaram a recuar desordenadamente em direção ao rio.

O Rio Pó, que até então havia sido uma presença silenciosa, tornou-se um ator principal no desenrolar da tragédia.

Desesperados, os guerreiros germânicos tentaram atravessar o rio, na esperança de escapar do massacre. Mas a correnteza, alimentada pelas chuvas recentes nas montanhas, estava forte e traiçoeira. Muitos dos bárbaros, sobrecarregados por suas armaduras e armas, foram arrastados pelas águas geladas. Suas mãos erguidas em busca de ajuda logo desapareceram de vista, e seus corpos afundaram nas profundezas, levados pela corrente implacável.

Os poucos que conseguiram atravessar o rio vivo encontraram a mesma sorte que seus companheiros — os arqueiros romanos, postados estrategicamente, disparavam flechas em direção aos sobreviventes, que caíam sem vida na margem oposta. A planície à beira do rio agora estava coberta de cadáveres, e o Pó fluía com uma tonalidade escura, como se tivesse absorvido o horror e o sangue da batalha.

Quando a batalha finalmente terminou, a noite começou a cair sobre o campo de batalha, trazendo consigo um silêncio inquietante. O campo, outrora verde e fértil, estava agora repleto de corpos quebrados, armas abandonadas e o eco dos gritos que haviam morrido com o pôr do sol. O Rio Pó, calmo como antes, parecia indiferente à carnificina que testemunhara. Em suas margens, os corvos começaram a chegar, atraídos pelo cheiro da morte.

Aureliano havia triunfado, e o Império Romano, por ora, estava seguro. Contudo, o preço daquela vitória ficaria marcado nas águas do Pó para sempre. O rio, silencioso e eterno, continuaria seu curso, carregando consigo os ecos de uma batalha brutal, onde a vida e a morte dançaram lado a lado, sob o olhar indiferente dos céus.

Inspirado por esse ambiente de batalha e caos, decidi ir à comune de Cremona e me informar mais sobre meu antigo sobre nome e as origens da família de minha bisavó, que até onde sabíamos, vinha dessa cidade.

Em uma busca rápida no computador, o atendente me informou que os registros originais de nascimento vinham de um vilarejo próximo, Pomenengo, uma pequena comuna localizada ainda na Lombardia.

Cercada por vastos campos de trigo e milho, suas colinas suaves estendem-se sob um céu frequentemente encoberto por nuvens baixas e cinzentas, como se o próprio clima conspirasse para manter a aura de mistério e isolamento que envolve a região.

A estrada que leva até Pomenengo serpenteia por entre campos agrícolas e antigos bosques de carvalhos, quase como um corredor natural que prepara o viajante para a transição entre o presente e um passado que, em muitos aspectos, ainda respira naquelas terras. Ao se aproximar da cidade, a primeira visão que domina a paisagem é a torre sineira de uma igreja medieval, que se ergue acima dos telhados de terracota desbotada, como um sentinela solitário.

O núcleo urbano de Pomenengo era modesto, mas repleto de detalhes que revelam suas raízes profundas na história da Lombardia. Ruas estreitas, pavimentadas com pedras irregulares e desgastadas pelo tempo, conduzem os visitantes por um labirinto de vielas onde o silêncio é quebrado apenas pelo som ocasional dos sinos da igreja ou o canto distante de um pássaro. As casas, construídas em estilo lombardo tradicional, possuem fachadas de pedra e tijolos avermelhados, muitas vezes cobertas por trepadeiras que parecem devorar os muros com sua presença verdejante.

No coração da vila, a igreja de São Bartolomeu é uma presença imponente e sombria. Erguida no século XIII, suas paredes de pedra bruta e suas janelas góticas estreitas criam uma sensação de austeridade.

O interior, mal iluminado por uma luz que filtra através dos vitrais, é decorado com afrescos antigos, muitos dos quais estão desbotados pelo tempo e pela umidade, dando às figuras religiosas um aspecto quase espectral. O ar no interior da igreja é denso e úmido, carregando consigo o cheiro de incenso envelhecido e pedra fria, como se os séculos de orações e lamentos ainda pairassem no espaço.

Nas margens da vila, as ruínas de uma fortaleza medieval resistem, parcialmente engolidas pela vegetação que as circunda. Acredita-se que a fortaleza tenha sido construída no século X, durante um período de conflitos e invasões que marcaram a Lombardia. Suas paredes grossas, agora desgastadas e parcialmente colapsadas, ainda sugerem a solidez e a força que um dia protegeram seus habitantes dos invasores bárbaros e das rivalidades entre senhores feudais. O local é envolto em uma aura de mistério e abandono, e muitos moradores dizem que, nas noites de inverno, quando o vento uiva entre as pedras antigas, é possível ouvir os ecos das batalhas que ocorreram ali, há muito tempo.

O cemitério de Pomenengo, localizado na periferia da vila, é outro ponto que contribui para sua atmosfera sombria. Lá, entre as lápides cobertas de musgo e as cruzes de ferro enferrujado, o silêncio é quase palpável, interrompido apenas pelo farfalhar das folhas nas árvores altas que cercam o local. Alguns dos túmulos são tão antigos que os nomes gravados nas pedras já se perderam para sempre, transformados em símbolos ilegíveis que apenas a morte e o esquecimento compreendem.

Há um sentimento quase opressivo de transitoriedade naquele lugar, como se a própria terra estivesse ciente do peso dos séculos.

Pomenengo, apesar de sua quietude e aparente simplicidade, carrega em si as cicatrizes de um passado repleto de incertezas. As sombras das velhas muralhas, o silêncio nas ruas e o murmúrio constante do vento nas colinas ao redor parecem contar histórias de tempos em que a vida era brutal e curta, e onde a linha entre o sagrado e o profano era muitas vezes tênue.

Ao cair da noite, quando o céu se tinge de um roxo profundo e as luzes amarelas dos lampiões de rua iluminam fracamente as pedras antigas, a vila ganhava uma qualidade quase espectral. As sombras se alongam pelas paredes das casas e as ruas desertas parecem sussurrar segredos esquecidos, criando uma sensação inquietante de que o passado ainda espreita por ali, aguardando para ser descoberto.

Pomenengo, com sua beleza melancólica e sua história marcada por silêncio e esquecimento, é um lugar onde o presente mal toca a superfície do que já foi. Há algo de sombrio, porém fascinante, em suas ruas vazias e construções antigas — como se o próprio tempo houvesse decidido, em um pacto com a terra e o vento, manter aquele pequeno pedaço da Itália preso em um crepúsculo eterno, onde o passado nunca morre, apenas aguarda nas sombras.

Ao avistar o castelo que se erguia imponente sobre a cidade, uma onda de emoções me atravessou, a brisa suave de Pomenengo envolveu-me como um manto, trazendo consigo o aroma da história e a fragância de memórias esquecidas. As ruas de paralelepípedos, com suas curvas sinuosas e o eco distante de risos, pareciam contar histórias de gerações que, como sombras, se entrelaçavam com a minha própria existência.

Senti uma conexão inexplicável, um laço invisível que me unia à meus bisavós, ou aos pais desses e aos pais dos pais desses, cujos passos um dia haviam caminhado por aquelas mesmas ruas. As lágrimas brotaram dos meus olhos, não por tristeza, mas por uma profunda sensação de pertencimento. Cada gota parecia carregar o peso de uma história ancestral, uma herança que havia transcendido o tempo. Era um reconhecimento silencioso, uma afirmação de que eu não era apenas um visitante; eu era parte daquela tapeçaria intrincada que é a vida.

Enquanto as lágrimas caiam, percebi que não eram apenas minhas, mas de todas as pessoas da minha linhagem. Elas tinham vivido, amado e sofrido, e cada uma delas havia deixado sua marca no mundo.

O castelo, testemunha silenciosa de suas jornadas, parecia vibrar com suas vozes, ecoando memórias de um passado que, embora distante, ainda pulsava nas veias da cidade, e nas minhas próprias. Os sussurros do vento entre as árvores antigas pareciam trazer lembranças de risos infantis, de festas familiares e de momentos de dor, mas também de celebração.

A história de daquele pequenino vilarejo perdido no meio da Itália era também a minha. A luta e a resiliência de meus antepassados estavam inscritas nas paredes de pedra, nas marcas do tempo que contavam histórias de sobrevivência, medo e amor. Eu podia quase ver a minha bisavó, uma corajosa imigrante para um país distante e desconhecido, jovem e sonhadora, com o olhar cheio de esperanças e anseios, sonhando com o futuro que eu agora representava. Era um presente e um fardo ao mesmo tempo, um lembrete de que a vida é feita de escolhas e que, em cada passo que eu dava, também trilhava o caminho de cada um que esteve no passado que vi e que não vi.

O castelo, envolto em sombras e luz, parecia carregar uma dualidade, refletindo tanto a beleza quanto a tristeza da existência.

Os muros eram testemunhas de lutas e dificuldades travadas e de acordos silenciosos, assim como os sentimentos que agora habitavam meu coração. Ali, em pé diante de sua majestade, senti a vastidão do legado que me foi deixado, como se cada lágrima derramada fosse uma oferenda aos espíritos que vieram antes de mim.

Aquele momento de conexão transcendental não apenas evocou nostalgia, mas também uma compreensão mais profunda da minha própria jornada. Era um reconhecimento de que, embora o tempo avance e a vida nos leve a direções inesperadas, as raízes nunca se perdem. Elas se entrelaçam, formando uma rede invisível que nos une a um passado que molda quem somos.

Com os olhos marejados, permaneci em silêncio, ouvindo essas vozes dos meus antepassados. Não havia necessidade de palavras; as lágrimas falavam por si mesmas. Eram lágrimas de gratidão, de amor e de saudade, um tributo ao legado que, de alguma forma, sempre me acompanharia. Pomenengo não era apenas uma cidade; era um símbolo do que é eterno em nossas vidas: a memória, a herança, o amor e a luta que perdura através das gerações.

O castelo, como um guardião de linhagens atemporal, permaneceu diante de mim, e eu, um viajante na linha do tempo, deixei que a melancolia se fundisse com a esperança, sabendo que a história que eu carregava era, em última análise, um fragmento de um todo maior, onde cada lágrima se tornava parte da beleza sombria e profunda da vida.

Decidi que deveria passar ao menos uma noite na cidade e, no silêncio profundo dessa noite, fui arrastado para um outro sonho que começou como um sussurro, mas rapidamente se transformou em um pesar ensurdecedor. A escuridão se dissipou, e, como se estivesse imerso em um véu de neblina, eu me vi em uma casa que parecia estranha, mas ao mesmo tempo familiar. O cheiro de velhos livros e madeira polida invadia minhas narinas, e o eco de vozes distantes reverberava nas paredes.

Passei por um corredor estreito, onde fotos em preto e branco adornavam as paredes. Eu me aproximei de uma imagem específica: uma mulher de cabelos curtos e escuros e olhos penetrantes, que me observava com uma intensidade que me paralisava. Antes que pudesse processar o que aquilo significava, uma onda de memória tomou conta de mim.

Eu não era filho da mulher que me criara. Em um golpe de revelação, percebi que tinha sido adotado.

A cena mudou repentinamente, e eu me vi em uma sala iluminada, onde meus pais, com rostos cansados e preocupados, discutiam em sussurros. A tristeza estava estampada em seus rostos, mas, para mim, havia algo mais profundo, um ressentimento quase palpável. Eles estavam me tratando como um fardo, como uma responsabilidade que desejavam descartar. Um nó se formou em minha garganta ao compreender que o pouco carinho que recebera poderia ter sido apenas um eco da culpa que sentiam por não serem meus verdadeiros progenitores. Mas isso justificada toda a maior parte das más ações e comportamentos que ambos tiveram comigo no passado.

As lembranças de uma infância marcada por cismas e dor começaram a se entrelaçar com a descoberta devastadora. Cada grito abafado, cada olhar de reprovação e cada palavra áspera que eu ouvira de meus pais agora tomava forma e sentido. Como eu poderia ter sido tão cego? Meu coração se apertou ao lembrar das noites em que eu me escondia debaixo das cobertas, esperando que o silêncio não fosse quebrado por uma discussão, por um grito que me lembrasse que eu não pertencia ali.

Perguntei aos meus pais quem era minha mãe, e eles responderam: "Irina Petrovna". A imagem dela me veio em mente, e era uma imagem estranha e familiar, como um eco de um passado que nunca vivi, mas que ainda assim ressoava dentro de mim. Meu desejo de encontrá-la me deixou angustiado, como se ela fosse a resposta para todas as perguntas que assombravam minha alma. O sonho começou a se desvanecer, e o sentimento de alívio e tristeza começaram a surgir.

Quando finalmente acordei, a realidade me atingiu como uma tempestade. O dia estava claro, mas a escuridão do sonho ainda pairava sobre mim, como uma sombra que não se dissipa com a luz do sol. O peso da revelação me oprimia, e eu não consegui evitar que lágrimas escorressem por meu rosto. A ideia de que eu não era realmente filho da mulher que me criara, para meu inconsciente, era o único modo de explicar a forma que ela me tratara enquanto eu era criança. O sonho, embora apenas um vislumbre da verdade, parecia mais real do que eu gostaria de admitir.

Os ecos da noite passada reverberavam em minha mente: a frieza de meus pais, a falta de carinho, as feridas emocionais que nunca curaram. Era como se, ao descobrir a identidade de "Irina Petrovna", essa criação do meu inconsciente, também tivesse desenterrado todas as minhas inseguranças. A esperança que sentira ao imaginá-la era agora apenas um lembrete doloroso de que eu não pertencia a lugar algum. Que há muito tempo não pertencia há lugar nenhum.

Conforme a luz do dia invadia o quarto, eu sabia que precisava encontrar uma maneira de lidar com essa sensação. A dor de uma infância marcada por rejeição e a confusão de não saber quem eu realmente era se tornaram um fardo que eu não podia carregar por mais tempo. Sabia que precisava perdoar não apenas meus pais, mas também a mim mesmo. Perdoar, principalmente, a criança que, sem saber, buscou amor onde não havia.

Irina Petrovna poderia ser um símbolo inconsciente de dor e confusão, mas também representava uma oportunidade de renascimento. O sonho havia aberto uma porta que eu não lembrava que existia, e, ao cruzá-la, eu percebi que a jornada de autodescoberta começava agora.

Com um suspiro profundo, me levantei da cama e encarei meu reflexo no espelho. Eu era mais do que as sombras do passado. Precisava superar a tristeza e aprender a perdoar as memórias que me mantinham preso.

O sonho poderia ser apenas uma ilusão, mas as emoções que ele evocou eram reais. E, com isso, eu daria o primeiro passo em direção à soberania e à aceitação.

A expressão estampada em meu rosto não era apenas de tristeza, mas também de libertação. Era hora de deixar para trás o que não me pertencia.

Epílogo
Finis Gloriae Mundi
XII. Clavis.

Senti o peso de anos de busca finalmente convergindo. Era como se todos os caminhos que trilhei — as viagens por cidades antigas, os possíveis encontros esotéricos e os desafios ocultos — estivessem se fechando em um ponto único, uma encruzilhada que transcendia tempo e espaço. Porém, junto com isso, sentia o vazio da incerteza do futuro.

A cada passo que dei por Sintra, Sevilha, Bratislava e tantos outros lugares, percebi que minhas caminhadas não eram apenas físicas. Eu transitei entre mundos, um peregrino solitário, à caça de verdades que muitos já haviam desistido de procurar, outros nem começam, outros sequer precisam delas. Agora, de volta à Portugal, o ar parecia denso, pesado com mistérios há muito tempo esquecidos, guardados em cada ruína, cada pedra. Mistérios quais não me importavam mais. Era como se a própria história da humanidade estivesse sussurrando, esperando para ser revelada, e não me importava mais o que ela queria dizer.

O vento soprava suavemente vindo das colinas de Sintra, mas dessa vez, não senti o mesmo conforto que me havia acolhido antes. A Quinta da Regaleira, que um dia fora o portal para meus sonhos mais profundos e minhas visões, agora se apresentava como uma prisão de perguntas mortas. O tempo havia transformado aquele lugar em algo quase inquietante. O Poço Iniciático, que eu desci com tanta ânsia antes, me chamava de volta — um apelo silencioso e profundo que eu não podia ignorar. Sabia que a descida que fizera outrora não havia sido completa. Algo dentro de mim ainda clamava por respostas, por um fechamento. Dessa vez, eu sabia que os degraus não levariam apenas ao fundo da terra, mas ao fundo de mim mesmo.

Enquanto caminhava pelas pedras gastas do jardim, sentia que a Quinta agora estava viva, não mais um simples cenário. As sombras pareciam mais longas, como se o próprio lugar tivesse consciência de minha presença e me observasse. A vegetação ao redor estava densa, e o ar carregado de um perfume adocicado, quase intoxicante, como o cheiro de memórias antigas, de sonhos esquecidos.

Ao me aproximar do poço, algo dentro de mim estremeceu. A escuridão abaixo era tão convidativa quanto ameaçadora, e com um último suspiro, iniciei minha descida. Cada passo me transportava de volta ao início da minha jornada, como se o tempo estivesse dobrado sobre si mesmo. As pedras úmidas sob meus pés eram frias, mas familiares, como o toque de algo que sempre esteve ali, à espera de ser redescoberto. Cada degrau da árvore da vida, que antes eram conceitos esotéricos abstratos, agora eram realidades tangíveis que eu podia quase tocar, como um véu sendo lentamente levantado.

Memórias de infância se misturavam à medida que eu descia. Lembrei-me da primeira vez que senti o chamado do oculto, uma curiosidade incontrolável, como uma chama ardendo silenciosamente dentro de mim. As vozes dos meus mestres, das pessoas que encontrei, que amei, e que deixei, tudo ecoava na minha mente enquanto o sussurro silencioso ressoava, não mais como uma frase distante, mas como um comando. "Visita o interior da terra, e retificando, encontrarás a pedra oculta."

Ao alcançar o fundo, percebi com clareza dolorosa que a jornada nunca foi sobre os outros, nunca foi sobre as cidades que visitei ou os mestres que consultei. Sempre foi sobre mim. Descer ao poço era descer ao fundo da minha alma, e ali, naquele silêncio esmagador, comecei a entender que o que eu procurava nunca esteve fora. A pedra oculta, o segredo da alquimia, era minha própria transformação.

2. A Cidade de Sete Colinas

De Sintra, fui arrastado em memórias para Roma. Havia algo inevitável em Roma. A cidade sempre me chamara de volta, mesmo que eu nunca me sentisse verdadeiramente pertencente a ela. Roma era um enigma. Com suas praças antigas, suas ruas estreitas e seus monumentos imponentes, a cidade parecia viva, uma entidade que se alimentava de histórias e pasta. Roma sempre foi, para mim, mais do que uma cidade; era um símbolo, uma chave para os mistérios que sempre busquei desvendar.

Caminhei por aquelas praças, sentindo o peso das eras sobre meus ombros. Era como se cada pedra que pisava carregasse séculos de conhecimento oculto, de tragédias e triunfos que moldaram a história da humanidade. Lembro que, quando me aproximei da Basílica de São Pedro, senti uma mistura de reverência e ressentimento. A cúpula imponente cortava o céu como um dedo apontando para o divino, mas para mim, era mais uma marca de poder terreno. A Igreja, que por tanto tempo controlou o fluxo de conhecimento, que caçou cientistas, queimou bruxas e perseguiu aqueles que ousaram questionar seus dogmas, agora era a guardiã da arte mais sublime, da história mais rica. "Eles venceram", pensei amargamente.

Ao visualizar-me novamente apreciando a Pietà de Michelangelo, senti uma onda de emoções que quase me derrubou entre os degraus do Poço. A beleza daquela obra era quase insuportável, mas misturada com ela, havia a dor de saber o que estava por trás de tudo aquilo. A violência que precedeu a criação, a opressão que sustentava a estrutura daquele domínio. A caça às bruxas, a tortura de sábios, os segredos enterrados sob as pedras milenares de Roma. Para muitos, o Vaticano é a casa da espiritualidade, mas para mim, era o símbolo de um conhecimento perdido, enterrado sob milênios de controle e poder.

Olhando para a escultura, Maria segurando o corpo sem vida de Cristo, percebi que a própria Igreja, que reivindicava o monopólio do espírito, também possuía o poder sobre a morte.

"Quem domina a morte, domina tudo." Pensei.

Era apenas mais uma prova de que o poder sobre as almas sempre foi disputado, e nesse jogo, o conhecimento oculto muitas vezes era sacrificado.

De Roma, fui atraído para Lucerna, onde algo mais sombrio me aguardava. Atravessar a Ponte da Morte foi mais do que um simples ato físico, ainda mais o que ocorrera em Bilbao. Cada passo que eu dava sob as gravuras da Morte com sua foice era um lembrete de que minha própria vida estava à beira de uma transmutação. O rio abaixo parecia murmurar segredos antigos, promessas de algo além da existência material.

Cada painel triangular da ponte era uma representação simbólica da vida buscando seu fim, mas, para mim, significavam as transições que eu havia experimentado. A morte, que antes era apenas um conceito distante, agora se aproximava de mim como uma velha amiga, uma transmutação inevitável. Nunca temi a morte, mas agora ela assumia uma nova forma, mais pessoal. A travessia da ponte nas duas cidades fora um rito de passagem, um limiar que eu precisava de facto cruzar.

Enquanto continuava, a escuridão ao redor começou a se aprofundar.

As figuras acerca do Poço não estavam mais imóveis; elas se mexiam na minha visão periférica, como se estivessem vivas, dançando à beira do meu entendimento. Sentia que eu estar ali não era uma coincidência, mas uma inevitabilidade.

E lá estava eu, no fim dos degraus, como no começo de tudo, mas definitivamente não era mais tão ignorante sobre os mistérios do mundo, ou os meus próprios.

E, olhando para cima, vi o topo do poço sendo preenchido pela luz opaca do Sol de um belo dia cinza e, também, por aquela névoa mística que somente Sintra pode ter; sabia que era um homem liberto.

Sobre o Autor

Nascido em 1992, Michael Sousa é brasileiro e mora em Lisboa há alguns anos; possui mestrado em Comércio Internacional pela European Business School de Barcelona, MBA em Gestão Estratégica pela FEA-RP USP, graduação em Ciência da Computação e especialista em Strategic Foresight. Possui extensão em Estatística Aplicada e em Gestão de Custos. Atua com Gestão de Projetos, Análise de Dados e Inteligência de Mercado. Porém, rendendo-se ao interesse pelas teorias freudianas, foi também estudar Psicanálise no Instituto Brasileiro de Psicanálise Clínica, especializando-se no assunto e na prática clínica. Quando não passa seu tempo livre tentando desenvolver seu péssimo lado artístico, se vê estudando o colapso político-econômico das nações, textos psicanalíticos ou lendo vagos e curiosos tomos de ciências ancestrais.

www.ingramcontent.com/pod-product-compliance
Lightning Source LLC
LaVergne TN
LVHW011949070526
838202LV00054B/4855